U0015619

飛機離地之後，你我之間，相隔不只一個天空的距離，
世界彷彿被隔離在宇宙的邊緣，深遠而漆黑；
而時間流過之後，不管過去的是美麗或是滄桑，
都不會在記憶中留下刻痕，我伸手汲取，只知道，
將你的生命織進我的靈魂裡的感覺依舊，
微涼的清晨依舊，溫暖的西暮依舊，搖椅上的我依舊，
那麼你呢？十年後的你，對我的惦記是否一樣？

十年的你

年度暢銷作者 藤井樹(Hiyawu)@著

所以我總是覺得，「自我」好遠好遠，
遠得像在宇宙邊緣。
那裡好像很深很深，漆黑得像黑洞，
也好像很高很高，高過了天堂。

宇宙有邊緣嗎？天堂又存在嗎？
如果宇宙沒有邊緣，天堂又不存在的話，
那「自我」呢？

01

其實，做人已經難到在笑的時候都不一定是想笑的了，既然是不想笑的，那你在笑什麼？有時候明明午餐想吃簡單又便宜的陽春麵，而且是在剛打卡上班的那一秒鐘就開始掙扎，經過兩個小時之後，終於跟自己的胃達成共識：「胃，今天吃陽春麵好不好？」胃說，「喔，好啊，那去老李麵舖好了。」然後時針超過了一，同事「走啦，我們吃壽司去」地一聲吆喝，陽春麵就泡湯了，「好好，我馬上來。」好像寫好的程式，你應了一聲之後會不由自主地穿上外套、帶著皮夾，很自然地忘了那經過兩個小時努力的共識。

剛上班的時候就接到課長的電話，「尼爾，你到底把六線的生產改進計畫做好了沒？就算是總經理說十五號以前完成就好，你也不要真的他媽的就十五號完成嘛，自動點，勤奮點，不要一輩子只有當課員的命，媽的一個月領那三四萬的薪水你就覺得夠了嗎？……」

他講了十多分鐘，我沒辦法完全背得起來，也懶得去背，而且今天才六號，離十五號還有九天，我手邊不只有六線的改進計畫，還有四線、八線、十一線跟十七線，就算我有八隻手六顆腦也至少要半個月才能做完，他只不過是比我多拿了個碩士學歷，多了兩年的時間在學校裡，還因爲過胖不用當兵，命就不一樣了。

「龍課，我已經完成了一半，我盡量在十二號以前給你。」

我的課長姓龍，有個很輕盈又霸氣，卻跟他的人完完全全不搭軌的名字，叫飛騰。

「十二號？你以爲提早三天就該給你拍拍手了嗎？」

「龍課，不是這樣的，我十號要先交八線的給研發部，我必須先完成八線……」

「八你媽的八線！你是研發部的人還是生產部的人？你該聽我的還是聽張副理的？」

張副理是研發部的負責人，也是另一個狗眼的。至於龍課，你別看他在電話裡講得氣概萬千，何等瀟灑，他看見張副理的時候也一樣在搖狗尾巴。

「我不管，我九號就要看見計畫在我的桌上，新購機具可以先不列沒關係。」

我的天！他以爲先不列新購機具總本就是一種天大的福利，但全公司大概就只有他不知道這一項是最不費時，也最輕鬆的部分。

我掛掉電話，轉頭看向他離我十五步遠的獨立辦公室，他果然拿起了他的高爾夫球桿，在那條塑膠草皮上練習推桿，那細長的球桿和他的身材搭配起來的畫面眞是刺眼。

他牆上掛了一副自己揮毫寫的「龍」字，那結構跟勾勒的筆法跟小學生的字差不多。

就算是你已經在這家公司裡待了五年，在部門裡面也算是資深的課員，他還是把你當新進。不但囉嗦，而且狗眼，講話三句不離他媽的，五句就會想「那個」別人的媽媽，怎麼一個碩士一天到晚嘴邊都掛著那句X你媽，到底是怎樣？

每次課務會議，我都很擔心我會走著進去，抬著出來，並不是我很累或是工作很多，而是因爲噁心。太多人喜歡捧著上司的屁股拍啊拍，就算是放屁了也覺得是香水味，講話阿諛奉承，明明是不好笑的冷笑話，那笑聲也會使厚兩公分的玻璃嗡嗡振動。

課長會在辦公室練習推桿也是因爲總經理喜歡高爾夫。部門副理也是狗眼一族，職階比他小就是奴，比他大就是富，每天下班就跑亞力山大健身中心去慢跑，還喜歡選最靠近中間、貼近馬路的位置，我想他大概很怕別人沒看見他在所謂的高級健身俱樂部消費。

「尼爾，你看看那個新來的總機，下半身的重量大概佔了體重的三分之二吧，哇哈哈哈……」

這就是課長的冷笑話，無聊粗鄙而且沒水準。

「啊……哈，是啊，是啊……」

該死的是我也笑了，總是這樣。有時候並不是你很想去附和，但卻很莫名其妙地在當下那一秒鐘做出了附和的動作。

做人眞的已經難到在笑的時候都不一定是想笑的了，難怪佛家說人生在世就是一種修行，苦不但比樂多，而且鮮艷難忘。

我想起小時候，那段想哭就哭、想笑就哈哈大笑的日子，走在往壽司店的路上，突然覺得空虛。

「啊……那段日子，到底離我多遠了？」我突然這樣想著，然後，台北的天空，轟隆一聲巨響，今天的午後雷陣雨，來得比昨天早。

我小學的時候，被同學欺負就哭，看卡通影片就笑，被爸爸罵了就哭，跟玩伴在一起就笑。然後時間過了，到了國中，突然不太哭了，也不知道爲什麼，可能是覺得自己長大了，哭會很丟臉。但笑還是一樣的，打電動的時候是笑的，跟同學出去玩時是笑的，學會自己去電影院買票看電影是笑的。

那時候的笑是眞的想笑的，特別輕盈、特別悠揚、特別不一樣。

然後高中了，笑一樣是快樂的，只是有了煩惱了。

有時候甚至會把笑建立在煩惱上面。例如，明明物理考差了，就笑著對同學說「我是故意的啦」，或是數學不懂了，就笑著對同學說「是數學背叛了我，不是我對不起它」，但其實在騎著腳踏車回家的路上，心絲竟然糾結了起來，因爲數學，因爲物理。然後，高中三年慢得像三十年，大學好像在天的另一邊，笑更是在大學後面。從高中開始，笑就模糊了，我也一直沒去注意它爲什麼模糊了，就這樣，像國民黨辦事的效率一樣，我沒去注意、沒去處理爲什麼笑不一樣了，問題就一直延宕延宕，到了十年後的現在。

「喔……好遠啊，已經十年了。」我在心裡這樣感嘆著。傾盆的大雨下得像在處罰什麼一樣，我坐在壽司店裡，靠近窗邊的地方。

遠是用來形容日子的字嗎？遠代表一種距離，但日子有距離嗎？我們都會說「台北距離高雄，大概三百六十公里」，這是開車或搭飛機可以到的；我們也會說「巷口那家7-11，大概兩百公尺吧」，這是走路就可以到的；我們也可能說「現在，距離昨天的現在，已經有二十四小時了」，但這二十四小時的時間，開車會到嗎？搭飛機會到嗎？還是走得回去呢？

既然都不行，爲什麼要用距離來形容呢？那如果不用距離，又該用什麼詞呢？

我想，只有兩個字適合，就是「過去」。

「過去……」我失神似的脫口而出，在吃壽司的時候。

「尼爾，你說什麼？」芸卉問我，她歪著頭看著我。芸卉是內銷課的，內銷課跟我們同在一層樓裡。「什麼過去？」

「呃……沒，沒什麼，我是說，晚點過去。」

「晚點過去？過去哪裡？」

「啊，這……過去那個……那個我朋友的生日Party啦，呵呵呵，哈哈哈……」

你看，又來了，我又笑了，但我想笑嗎？然後說到生日Party，眞的有生日Party嗎？是有啦，只不過不是今天。

「嘿，你怎麼會自言自語呢？」芸卉笑著問我。

「偶爾啦！呵呵呵。」我小吐了一下舌頭，聳肩瞇著眼笑。

一陣雷聲讓我轉頭望著窗外，同事們先是一陣虛驚，然後就開始討論打雷的事情。奇怪，打雷有什麼好討論的？

雨下得很大，雨滴打在窗戶上，從窗戶上方流下來，透過窗戶往外看，道路被扭曲了，路上的車也被扭曲了，走在路上的人也被扭曲了。

回公司的路上，經過那家原本要去的老李麵鋪，想起剛剛的壽司套餐花了我兩百五十元，再看看麵鋪的牆上掛著「陽春麵四十元，大碗五十元」，我站在麵鋪門口發呆了一會兒，然後笑了。

這是眞的笑了，我是眞的想笑。

「我」，你在哪裡？

02

我爲了龍課要的六線，還有研發部要的八線，一個人留在公司加班到晚上十一點，突然聞到一陣滷味的香氣，那香氣引著我轉頭看，原來是大樓的保全人員買的，他提著滷味，一臉滿足地巡邏著。

那滷味提醒了我晚餐還沒吃，飢餓感像土石流一樣迅速地把我淹沒，我放下手邊還有一半以上沒完成的計畫表，開始翻找著抽屜裡的零食。

「應該還有一包科學麵吧？」我這麼問著自己，卻沒看見科學麵的影子。

辦公室的盡頭有一面大鏡子，鏡子裡反射了我翻找科學麵的動作，我的餘光看見鏡子裡有東西在動，停下動作轉頭一看，原來那是我自己。那翻找的動作像是一種祈禱，祈禱上帝讓我找到那包科學麵。

結果沒有，上帝也因爲一包科學麵而被證明了祂不存在。

我環顧四周，並且站起身來。坐在我對面的俊榮是個零食狂，從上班的第一秒鐘開始，他的嘴巴就不可能停下來，不管是甜的鹹的辣的酸的，只要是那一包包的零食他都不可能放過，像是收集零食的專家一樣。而且他很摳門，除非是他不很喜歡，或是吃了一半覺得不太可口的零食，否則他不會拿出來跟大家一起分享。我想，他的抽屜裡一定有零食。我記得他今天還在說那包大溪豆干已經放超過三天了，要趕快找時間吃掉。

可以被他放超過三天的零食，他應該沒多大的興趣吧。「他應該會樂於跟我分享吧……」我心裡頭這麼說著，然後像是一頭餓瘋了的獅子，猜測著前方似乎有獵物的影子，聳著肩膀踩著無力卻又充滿希望的腳步，繞過辦公桌，來到俊榮的位置。

該死！他把抽屜上鎖了。這個死殺千刀的！

頭一轉，看見偉鵬的桌上有包蝦味先，我想我的眼睛這輩子沒睜這麼大過，那蝦味先的包裝好像瞬間被放大了百倍，我的眼睛再也沒有餘光的功能，眼裡滿滿地都是蝦味先。

我的天，爲什麼塞滿我的視野、那麼大的一包蝦味先，竟然不夠塡補我的牙縫？我連那碎在袋底，一咪咪小的碎屑都沒放過。袋裡亮晶晶的鋁箔被日光燈照著，閃了一下我的眼睛。

在偉鵬的桌上留了一張字條，寫著：「犧牲你的蝦味先，擇日奉還可樂果。」然後回到自己的座位上，打了個沒吃飽的嗝，牆上的大鐘指向十二點。天啊，我竟然已經在公司裡待了十五個小時。

捷運沒了，公車停了，計程車也開始夜間加成了。我把計畫收進背包裡，「回家再做吧。」我自己對自己說。

我先到公司樓下的全家買了泡麵，因爲家裡已經沒有水餃了。招了一輛計程車，是台灣大車隊的，我喜歡搭這家的計程車，那種新穎有制度的感覺讓我感到舒服。

「司機，麻煩你，辛亥路五段。」

但我住在辛亥路五段嗎？不是，我只是把摩托車停在辛亥路。喔，從家裡騎摩托車到辛亥路搭捷運嗎？不是，辛亥路五段沒有捷運站。那是搭公車嗎？也不是，辛亥路的公車沒到我公司。

我只是把摩托車停在那裡，然後每天走路到萬芳醫院站去搭捷運。其實不是我不想把摩托車停在萬芳醫院附近，只是我曾經在辛亥路那裡的某家麵包店，看見一個很像我國二時暗戀對象的女店員。但爲了免去認錯人的窘態，或是那種相認時的尷尬，我選擇把車停在麵包店旁邊。每天一早就看得到美女的感覺很奇妙，而且那裡也滿好停摩托車的。

這其實已經是三年前的事情了，當我開始習慣把車停在那裡之後幾個月，她就好像離職了。曾經我鼓起勇氣走進麵包店去問：「那個不是很高，也不是很矮，頭髮不是很長，也不是很短的早班店員呢？她是不是已經離職了？」

「你在說哪個？」新的店員表情詭異，好像看見外星人一樣地回問我。

「她叫許文秀，妳知道嗎？」

「許文秀？我沒聽過。」

喔，果然沒聽過，在她離職之後又過了好幾個月我才進去問，夏天都已經變成冬天了，這中間也不知道換了幾個早班，她當然沒聽過。

我想那應該不是許文秀，她跟我一樣都是高雄人，要在台北遇見她也不簡單。而且我仔細地想了想，許文秀的臉沒有那麼豐潤，眼睛好像也沒那麼大。

只不過車子停在一個地方習慣了，我也就懶得再換另一個地方。就這樣停了三年，三年沒看見這個像許文秀的女孩，摩托車倒是老了三年，本來它還可以騎到八十，現在騎到六十就像要它的老命一樣。

夜間加成的計程車貴了十五元，本來從這裡搭到公司樓下只要一百八十元，在半夜要一百九十五。我覺得奇怪，不是都說越夜越迷人嗎？怎麼越夜越貴死人？

騎上摩托車，還是走一樣的路回家，有個路口的路燈已經壞了三個禮拜了，就是沒有看見市政府派人來換，還有接近我家的那個路口的閃黃燈，本來很規律地每兩秒鐘閃一下，現在變成每兩秒鐘至少閃了二十下。

回到家裡，把門關上的那一剎那，周圍的安靜像是地雷被引爆了一樣，靜得那麼威力十足。在泡麵的時候被燙了一下手，整碗麵掉到地上，又燙了一下腳，我叫了一聲老天啊，然後開始罵自己白癡。

我這一陣子似乎跟麵沒有緣分，想吃老李麵舖，結果是壽司；找不到科學麵，結果吃蝦味先；現在終於可以吃個泡麵，結果泡到自己的手腳。

我打開冰箱，喝了一大瓶的冰水，肚子被水撐飽了，暫時不那麼餓。打開電腦，習慣性地開了Outlook。該死，又是一堆垃圾信件，賽門鐵克的視窗每十秒鐘就跳出來一次，告訴我哪封mail是有毒的，不要開喔。

有一次我心情很差加上無聊的鐵齒性格，硬是打開一封有毒的信件，結果硬碟的資料被病毒吃光，一邊吃還一邊告訴我它吃到哪裡。當它吃到我收集了很久很久的美女圖區時，套一句小說常用的話，「我聽見心碎的聲音。」

總算把那些該死的信件都刪光了，我看見一個熟悉的寄件者ID，叫作Flyinsky，她是我的大學同學，名叫郭小芊。自從她在大學時看了有名的《第一次的親密接觸》之後，她就想當輕舞飛揚，偏偏Flyindance有人用了，她就取了Flyinsky。

「輕舞飛天？」我曾經這麼嘲笑她，結果挨了巴掌。

她的信件標題是「失去自我」，難得的一封自寫信。現在的人不是很喜歡寫信，又偏偏喜歡寄信，所以一再一再地轉寄信件給別人，在收信的時候真不知道是在開信還是在開轉寄過歷史信箱列表。

她說：

尼爾，我失戀了。這次的戀情維持了八個月，我卻像是失去了八年的時間一樣地在痛哭著。他沒有告訴我分手的理由，只告訴我前幾天跟他一起看的《明天過後》，是我跟他的最後一場電影了。可是，明天還沒到不是嗎？

我知道我現在正處在牛角尖裡面，而且是那最尖的地方。我知道過些日子我會好過來，可是，到底要過多少日子才會好呢？

他讓我想起阿風，你應該記得他吧？我的大學男友。

在相愛的時候，幾乎是放棄所有的自我在愛著對方，但是當對方說分手的時候，就拿不回那個自我了。

下次如果我再戀愛，我一定要是那個說分手的人，我想看看那個對方留在我身上的自我，會讓我有什麼樣的獲得感？

尼爾，不知道為什麼，就想告訴你這齣慘劇，大概是想約你明天下班後，陪我去喝杯伏特加萊姆吧。

祝　安

小芊

不知道為什麼，看完她的信，我沒什麼特別的傷感。我總覺得她是那種愛情敢死隊型的，愛上了就什麼都無所謂，卻忘了留下自己美麗的愛情，生命才有下一次戀愛的機會。

而且，「自我」這個東西會愛到迷失嗎？我知道愛情的力量，我不是沒戀愛過，只是我總覺得，「自我」這名詞聽起來很接近，但它其實不知道遠到哪裡去了。而且它應該有其他的用途不是嗎？

MSN 咚咚了兩聲，原來是偉鵬上線了。我馬上就想起那包蝦味先。忘了小芊的失戀，我傳訊告訴偉鵬，那包蝦味先已經在我的肚子裡了。

「什麼？你眞的把它吃了？」他用了驚訝的表情符號。

「Yes！」我用了大笑滿足的符號。

「我銬……你眞勇敢。那包已經過期了，我本來今天要丟掉的耶……」

啊……

……過期的蝦味先是什麼味道？

03

我果然拉了肚子，那包過期的蝦味先有輕易就把人從床上挖起來的能力，一個晚上睡不到幾個小時，廁所倒是跑了不少次。我懷疑這一晚我待在馬桶上的時間比待在床上的時間還要長。

這一陣拉著實拉得很慘，甚至把記憶力都一起拉進馬桶裡沖掉了。我不但忘了答應龍課今天要讓他看到六線的生產改進計畫，而把計畫忘在家裡，同時我也忘了帶手機，更忘了帶家裡的鑰匙。

最慘的是，我在捷運上掉了錢包，而錢包不知道已經離我多遠了。

當我發現這一切的時候，我已經在公司樓下等電梯，芸卉正好也進到公司，她拍拍我的肩膀說了聲早安，然後指了指我的褲子，說我的褲袋露了一半在屁股外面。

「我還以爲你帶了條手帕，原來是你的褲袋。」她輕掩著嘴巴笑著說。

這時我就驚覺完蛋，一種像在看驚悚恐怖片的感覺從頭皮一直到腳底來回麻了一趟。這時電梯門開了，大家夥魚貫進了電梯，我想摸摸我身上其他地方有沒有錢包的蹤跡，但電梯很擠，芸卉就站在我旁邊，她被另一個男生擠了一下，就往我左手靠了過來，我的手想動一動都有些困難。

好不容易到了我的樓層，芸卉問我怎麼看起來臉色很差？我說錢包不見了，她先是愣了一下，然後微笑著說沒關係，午餐時她可以先借錢給我。

她就是這麼單純的女孩。

當錢包不在身邊的時候，一般人大都是先想辦法找到錢包，或是先確定錢包在哪兒。但她想到的卻是先解決我沒有錢花的問題。

我連謝謝都不知道怎麼說了，只告訴她，如果午餐時我需要她的百元鈔，我就會撥分機給她。

我快步走到我的座位，打開我的背包，發現裡面只有一枝紅筆和一枝藍筆，還有一台計算機。

「啊！我的改進計畫！」像是驚悚片又播到駭人的畫面，這回是從腳底到頭皮來回麻了一趟，心裡暗叫了一聲「慘」，世界頓時像個被封起來、烏漆抹黑的箱子，而我被關在箱子裡，四周的空氣稀薄，伸手不見任何一指，除了心裡不斷重複的「你完了你完了你完了」之外，所有的生物都不存在。

「這下子慘到結繭了！」我望著顫抖的手，嘴裡這麼說著，感覺胃裡開始分泌大量胃酸。

這時偉鵬把昨晚我留在他桌上的紙條回傳給我，上面多了兩行字：「見你臉色慘又白，昨晚拉得很厲害？」

我轉頭瞪了偉鵬一眼，他也正好笑著看著我。我低頭在紙上寫下了：「多謝偉鵬君關心，昨晚拉掉三公斤。」然後揉成紙團丟回去。

龍課在我丟出紙團的時候走進辦公室，他看了我一眼，「你還有時間丟紙團，可見計畫已經完成了，是嗎？」他說。

「不，還沒有……呃，我是說，計畫是完成了，但並不在辦公室裡。」

「那計畫在哪裡？」

「應該是在家裡……吧！我想，應該是，在家裡。」

「家裡？你的意思是要請我到你家一面坐著喝茶，一面研究計畫嗎？」

「不，不，我不是這個意思。」

「我十分鐘後要開會，趁這段開會的時間你趕緊回家去拿。」

「啊！多……多謝龍課法外開恩！」

我目送龍課肥胖的身影走進他的獨立辦公室，在他把門關起來的那一剎那，偉鵬丟回了紙團。「眞是減肥好聖品，可送龍課換獎金。」

我拿著紙團走到偉鵬面前，學著龍課的口氣對他說：「你還有時間丟紙團，可見你的計畫完成了吧，是嗎？」

不知道是我說得太大聲還是怎樣，龍課的聲音突然從後面傳來：「你還有時間學我，可見你的皮繃緊了，是嗎？」

在辦公室所有同事的哄堂笑聲中，我趕緊快步走出辦公室，按了向下的電梯，就連我要進電梯的同時，他們的笑聲都還沒有停止。

我摸摸口袋，沒有錢包，沒有手機，也沒有悠遊卡。也就是說，我沒錢搭捷運，也沒錢搭計程車，更重要的是，這時我發現我連家裡的鑰匙都沒帶。

眞是美好的一天。

我在門市部借了電話撥給芸卉，要她先擋個一千塊給我。但她很熱心地說要載我回家。她開了一部黑色的馬自達6，這讓我有些吃驚，因爲她的型跟這部車很不搭軌，我問她爲什麼會買這部車，她說好看，我就沒再問下去了。在車上我向她借手機，她問我要幹嘛，我說要掛失所有的卡片，她這才笑了出來說「對喔，要掛失卡片」。

「尼爾，我不知道你這麼糊塗，東西都不在身上你也不知道。」她說。

「拜託！今天是特例好嗎？我平常不會這樣的。」

「是啊，你看起來很精明，不過精明的人總有糊塗的時候。」她呵呵地笑了兩聲。

「我一點都不糊塗，OK？那是因爲那包……」

「那包什麼？」

「那包……那個……哎呀，總之今天的糊塗不是我的錯就是了。」

不知道爲什麼，我竟沒能輕易地告訴她，我因爲一包蝦味先拉到差點脫腸的事。

回到家附近，隨便找了個開鎖匠來開門，鎖匠還很小心謹慎地問我家裡的擺設是如何，我想他在懷疑我是小偷。正當我在心裡稱讚他的細心謹慎時，他轉頭說我用的鎖太好，他沒有辦法打開，可能需要把鎖給破壞掉，然後換一個新的。

這時芸卉看了看我，我看了看芸卉，氣氛冷到結霜。「這是哪門子的鎖匠啊？」我心裡這麼叫著。

那，一個新鎖多少錢？我問。

「你要最好的，剛好的，普通好的，還是不太好的？」

最好的是多少？

「三千。」

那剛好的呢？

「兩千五。」

普通好的是？

「兩千。」

所以不太好的是一千五囉？

「錯！是一千。」那鎖匠得意地笑著。

被鎖匠這麼一搞，我也不知道該選什麼樣的鎖。這時鎖匠又說：「換最好的鎖比較好啦，好用又安全，不怕遭小偷，我賣的這款最好的鎖啊，連我都打不開耶。」

我該說這鎖匠生活壓力太大嗎？還是他非常有幽默感？

「換最好的鎖好了。」芸卉說：「自己住的地方安全最重要。」

「對啦！小姐說的沒有錯啦。」鎖匠頻頻點頭稱是，「安全最重要，安全最重要啦。」然後他就吹著口哨高興地換起鎖來了。

不多久，鎖拆了，門開了，計畫拿了，手機鑰匙也都帶了，三千元的「鎖匠打不開之鎖」也換好了，時間也已經接近中午了。

芸卉拿三千塊給鎖匠的時候，他還不忘囉嗦一番：「先生，剛才如果你不要最好的鎖，就還要再等十五分鐘耶。」

「十五分鐘？爲什麼？」我狐疑地問。

「因爲我只有帶最好的鎖啊。」鎖匠說。他收拾好工具。

「通常喔，只要我跟人家說這鎖連我都打不開的時候，他們都會選這個鎖啦。」鎖匠說。他步下樓梯。

「所以你選這個鎖是對的，好選擇，好選擇。」鎖匠說。他走到樓梯轉彎處。

「所以我只帶這個鎖也是對的啦。」鎖匠說。我已經看不見他，但他的聲音還在樓梯間繚繞。

最後，他說了一句再見謝謝啦，然後我聽見公寓大門關上的聲音，一切都安靜了。

我轉頭看著芸卉，芸卉也轉頭看我。

「我可以罵髒話嗎？芸卉。」

「可以。」

「X！」

遇到這樣的鎖匠，別說你們，連寫故事的我也會想罵髒話。

04

這天下班之後，我比平時明顯地累了許多。我不知道是不是因爲來回奔波的關係。我的肚子說餓又不像餓，看到東西想吃又覺得有些反胃，明明昨晚有洗頭卻覺得頭皮很癢，跑了幾次洗手間洗了幾次臉，洗過之後還是覺得精神不太好，然後覺得呼吸不怎麼順暢，本想拿張面紙到廁所裡挖挖鼻孔，因爲廁所有點遠，所以大膽地在辦公室的桌底下就挖了起來，因爲桌子與桌子之間有隔板所以還不至於被同事發現，但這種感覺像在路邊小便一樣，被人看見了並不會說什麼，但人家可能會因爲一坨鼻屎或一泡尿就覺得你有點髒。

但人生自古誰無屎呢？又人生在世誰無尿呢？一個人沒有屎尿是多悲哀的一件事情？他可能會因爲這樣的循環欠佳，在幾天之內就嗝屁了。所以怎麼能因爲一個人在座位上挖鼻孔就嫌他髒呢？

相信大家都忘了自己是在幾歲的時候學會挖鼻屎這項技術的，但我敢肯定，一定是小學時期。因爲當時的教育流行梅花座（就是以一男一女的順序依次入座，橫向是，縱向也是），而男生剛學會挖鼻屎的時候，會不由自主地把這當成是一種興趣嗜好，然後上課也挖，下課也挖，有事沒事食指就放在鼻孔裡，好像鼻孔就是食指該停放的位置，但男生這麼愛挖又不知道挖了該放哪？所以通通都往桌椅下「葛」去。

說也奇怪，當時的女生們看男生在挖鼻屎也不會說什麼（也不太有機會看得見女生挖給男生看），偏偏在每週一次換位置的時候就開始嫌惡起來，她們不想坐在被男生「葛」過鼻屎的桌椅。

我記得小學的時候有個同學，他是個會把鼻屎給吃下去的人，而且他還開放表演，不收門票。中午吃飯前他會表演一次，下午放學後他會看情況再行表演。他會在中午前表演是因爲他說過鼻屎是他的開胃菜，下午放學之所以要看情形表演，是因爲庫存量可能會不足。我問過他鼻屎吃起來的感覺如何，他說有點鹹鹹的，而且最討厭的是吃到鼻毛。

他因此被老師罵得很慘，他的爸媽也曾當著全班同學的面威脅他說：「如果你再吃鼻屎，我就把你的手給剁了！」

哼哼，我要是他的爸媽，就要他把鼻屎收集起來，收集成一整團再吃會比較過癮。哈哈，哈哈，好笑吧。只是，爲什麼我會講到鼻屎來？天啊！我的媽！我也不太記得了。

總之，下班之後我覺得很累，芸卉很好心地開著她的馬自達6說要載我回家，我說不用了，麻煩載我到停車的地方就好。她問我爲什麼記得拿機車的鑰匙，卻忘了家裡鑰匙？我說車子的鑰匙跟家裡的鑰匙是分開的。

「尼爾，你看起來臉色不太好。」芸卉說。

是啊，我的臉色是不太好，因爲我累到一個不行。

「今天眞是夠你受的了，是嗎？」芸卉轉頭笑著問我，基隆路的車陣依然長到地平線底。

妳不說我還沒氣，妳一說我就有氣。

今天中午回到辦公室之後，我用一路疾奔連轉彎都打四檔在前進的最快速度跑到龍課的辦公室，敲了兩下門表示禮貌，進去之後我輕輕地把門關上，然後恭恭敬敬地把六線的改進計畫放到他的桌上。

「看你一頭大汗的，很喘啊？」龍課拿起計畫，抬頭看了看我。

是啊是啊，喘到不行。

「聽說你昨天爲了計畫留在公司加班到晚上十二點多啊？」

是啊是啊，其實是十二點而已，並沒有超過十二點。咦？你怎麼知道？

「我怎麼不知道？我還知道你吃了一包過期的蝦味先，差點把你家的馬桶給拉破了，對吧？」

耶？喔……我的媽！該不會是偉鵬告訴你的吧？

「不是偉鵬，是小丁。」

小丁？小丁怎麼知道？

「小丁說是阿淵告訴他的。」

阿、阿淵？天啊！阿淵怎麼知道的？

「這我就不知道了，對了。今天總經理開會的時候說，年底前先暫時不進行生產改進計畫，他要生產管制人員還有研發部先到日本去觀摩學習，大概是一個月之後，你準備出國吧。」

出、出國？那這一份計畫？

「計畫？就先放在你的抽屜裡吧。」龍課輕鬆地說著，轉身拿起他的高爾夫球桿就推起桿來了。

不會吧！龍課，這計畫你也知道，我做了很久，花了很多心血……

「我知道我知道，目前公司只是暫時不進行改進計畫，又不是一輩子不做。」

那我可以知道突然喊剎車的理由嗎？

「我也不太清楚，但我在猜，可能是日本的 SHIMANO 跟 DAIWA 又研發出新的捲仔還有路亞，所以老闆想把錢花在研發部，所以生產部就等等吧。哎呀！反正研發部永遠都是最先拿到經費，也永遠都是花最多錢的啦。」

那……那研發部跟我要的八線改進計畫呢？

「不清楚，張副理好像說會發 mail 給你，你去收信看看嘛，說不定他已經發了。總之就這樣，你先出去吧。」

啊……等等，我還是不明白阿淵爲什麼會知道？

「都幾時了你還在想拉肚子的事，去工作啦！沒生產改進計畫做，就沒其他事情可以做了嗎？」

我頓時腦袋一大片空白，而且神奇的是，這一大片空白還白得很亂。照龍課這麼說的話，我爲了改進計畫加班加到結繭，爲了改進計畫而吃壞肚子拉到一個霹靂不行，又爲了改進計畫丟了皮包、忘了鑰匙，最後依然爲了改進計畫換了一個天價三千元的鎖……

結果這一大堆犧牲換來的是一句取消？

老天爺是忘了天理兩個字怎麼寫，還是放在冰箱裡忘了拿出來？還是一個平凡無奇做事積極做好應該做錯活該的小小生產管制人員就該接受這樣的折磨？我滿肚子悶火開始猛烈且快速地燃燒中，我的耐心已經到了最頂點，我的犧牲一定要得到對等的回報，我一定要讓龍課知道這一切的一切我是怎麼走過來的。

「尼爾，你還站在這裡幹嘛？是不是想跟我推兩桿，賭一把啊？」他挑著眉毛，一副我一定會輸給他的樣子，把手伸進褲袋裡掏出一千塊來。

「喔！呵呵哈……謝了龍課，不用了，我不會打高爾夫啦，哈哈哈……你慢慢玩吧。」

你看看，人就是這樣。明明你就是很不爽，還要裝得很OK，好像別人對不起你應該，而你被對不起了活該。

「難怪今天我們內銷課一直覺得隔壁很熱鬧，原來是這樣。」芸卉說。我們終於離開了塞到內心深處的基隆路，慢慢地往萬芳行駛。

喔……芸卉，妳錯了，今天生產部之所以熱鬧並不是因爲這一份改進計畫的關係。

「不是啊？那是爲了什麼？」

爲了我的拉肚子。

說到拉肚子，我就想起阿淵。我走出龍課的辦公室之後，直奔阿淵的位置，結果阿淵不在，我就轉頭問小丁。

「小丁，」我叫著，「爲什麼阿淵會知道我拉肚子的事？」

小丁回答：「好像是明哲告訴他的。」

我立刻轉了個彎走到明哲的位置，「爲什麼你知道我拉肚子的事？」

明哲說：「是俊榮講的。」

我又立刻回到我的位置，俊榮就坐在我對面，「俊榮，是不是你告訴明哲我拉肚子的事？」

俊榮回了我一句：「不是我，是偉鵬說的。」

他才剛講完，偉鵬就走到我旁邊，拿了一瓶正露丸，然後很正經地說：「對不起，尼爾，我也沒說，我只是把你跟我寫的紙條貼到公告欄上面去而已，大家就一目了然了。」

他拍拍我的肩膀，然後說：「來，正露丸給你，你應該知道這是治什麼的，去吞個幾顆吧。」然後大家夥就呵呵哈哈地笑了起來。

「是這樣啊。啊，對了，我都忘了問你爲什麼吃蝦味先吃到拉肚子？」

呃……這……因爲……

「因爲什麼？」

因爲那包蝦味先過期。欲知詳情請參照藤井樹二〇〇五年的第一部小說《十年的你》第二集。

「啥？什麼？你說什麼？什麼第二集？」

喔，不不不，沒什麼。前面的肯德基停車吧，我請妳吃咔啦雞腿堡，謝謝妳今天的幫忙。

「喔？不客氣。」芸卉笑了。

跟她同事已經將近四年，我第一次發現，她的笑，其實很美。

對了，我都忘了說，我在釣具製造公司工作。

我是公司裡唯一不會釣魚，也不想釣魚的人。

所以同事們都會覺得你很怪，也會把你當魚兒來玩。

唉……

註一：SHIMANO與DAIWA是日本知名的釣具製造大廠。
註二：捲仔是廠裡捲線器的簡稱（也可說是俗稱），而路亞是釣法名，較專業的名稱是擬餌，或稱假餌，所以路亞竿顧名思義就是路亞釣法專用的竿子。

05

其實我跟芸卉是同一所大學畢業的，她小我兩屆，念的是企管系，而我念的則是工管系。雖然同屬於管理學院，但兩系的距離卻很遠。

我們在學校沒有見過面，就算是通識課程我們也沒有相遇過。大三那一年我還曾經有過一位企管系的女朋友，那時芸卉是剛進大一的新鮮人。我和女朋友在一起的那一個月裡，我還滿常跑企管系館的，但還是沒有遇見過芸卉。不過，一個月之後我就不再跑企管系館了，因爲我們分手了。那分手的原因是什麼呢？因爲我那時只有一個女朋友，而我的女朋友有三個男朋友。

Yahoo！

爲什麼我會發現呢？

其實是一個很不偶然的偶然。一天，我在企管系館的門口等她一起吃午飯，一時腹痛難耐，我就走進企管系館找廁所。一樓的男廁，一間壞了，一間有人正在使用，二樓的男廁門沒有鎖頭。我沒什麼力氣再爬上三樓，所以往下走到地下室。

廁所是上了，屁股是擦了，手是洗了，但女朋友被別人抱著了。

我當場走過去問她：「這是妳親哥哥嗎？這是一個親情的擁抱嗎？」

她沒有說話，那個男生倒是不太客氣地對我說：「同學，你哪位啊？我是她男朋友，你是誰？」他轉頭問她：「妳認識他嗎？」

她回答「不是很熟的朋友」之後就走了。我異常冷靜地沒生氣，也沒有難過的感覺像海嘯一樣地湧上心頭來，我很正常地去吃了我的午餐，然後很正常地上完了下午的課，然後很正常地回到宿舍洗澡看電視打報告跟室友哈啦，甚至還拿了室友幾部A片來看。

但當晚我一上到床舖，一躺在枕頭上，當沒有任何人能直視我的眼睛時，我蒙上棉被，摀住嘴巴和鼻子，開始發狂地哭泣，是的，發狂地。

之後我便視企管系爲「魔女系」，並且當著所有同學的面發誓，再也不可能踏進企管系館，而且聯誼對象如果是企管系就一律不參加，並且在學校的BBS上開始寫故事，名叫〈我這一個月的愛鏈〉。當時還在學校造成一些小轟動，但轟動的原因不是故事好看，不是我寫得讚，而是故事的名字有錯字，而且錯得有點爆笑。

「拜託，尼爾，別丟工管系的臉，是愛『戀』，不是愛『鏈』，這鏈是拉鏈的鏈，OK?」我同學傳水球來這麼跟我說。

我用WORD打了一張直式的「企管系的女性是惡魔，我詛咒妳們永遠都交不到男朋友」，貼在自己的書桌前，並且每天複誦二十次。

這樣的詛咒好像有效了，她在一個月之後又回來找我，狀況淒慘，她一連被其他兩個男朋友拋棄，原因都是發現她的兩隻腳不在同一艘船上。

「妳認識我嗎？」我第一句話這麼問她。

「認識。」

「我是誰？」

「尼爾，我的……」她稍稍頓了一下。我知道她想說男朋友，但她已經不知道怎麼說出口。

「妳的，不是很熟的，朋友。」說完，我轉身就走。

Yahoo～

對了，我現在要說的是芸卉，不是魔女系的系主任，眞是不好意思。

我第一次見到芸卉是在公司的尾牙宴會上，那時芸卉剛進公司不到兩個月，而我已經到公司一年。尾牙在一家海鮮餐廳舉辦，老闆要我們不分課別入座，也不分部門入座，他說人與人之間要好好地聯絡感情，吃飯是最有效的辦法。

就這樣，芸卉坐到我旁邊來，不！應該是說我坐到了芸卉旁邊，龍課要我去坐的。喔！天！那時我是千百個……喔！不！是千萬個不意也不願。你知道爲什麼嗎？因爲那時芸卉的身邊坐了一隻大白鯊，她是內銷課的代理課長，說眞的我不知道她叫什麼名字，但她的身材高大無比，你第一眼看見她，如果沒有想替她報名日本女子摔角的衝動的話，說眞的，我會懷疑你是慈濟的會員。她身上總有一股不知名的腥羶味，而且講話聲音又粗又大聲。我記得龍課第一次向我介紹她的時候，我心裡只有一個感覺……

「Yahoo……眞是夠 man 的了！」

還好當時我忍住了這句話沒講出來，不然我現在墳上的草可能已經一米七〇了。

「你好像不太舒服的樣子。」芸卉轉頭過來問我，當然，那時我還不知道她叫作芸卉。

「喔……呃，謝謝關心，我還好，還好。」

我這樣回應她。那時她坐在我的右邊，大白鯊在她的右邊，即使已經隔了一個芸卉，我還是能聞到她的腥味。

「喔，天，衰到結繭了。」我喃喃自語的。

「嗯？你說什麼？」芸卉問。

「嗯……呃……我覺得妳太瘦了。」

「太瘦了？」

「是的，太瘦了。」我會這麼說，其實是因爲她完全擋不住大白鯊的體型跟體味。

「呵呵呵，」她笑了起來，「眞的嗎？我昨天不小心跌坐到我妹妹的大腿，她還說我胖到不行呢。」

她呵呵呵地笑著，我也呵呵呵地陪笑著。但我那是苦笑，我想她並沒有發現。

「天啊！小姐，妳有鼻竇炎嗎？還是鼻塞？鼻子失去了功能？爲什麼妳聞不到你們代理課長的體味呢？天堂都聞到了。」當時我是這麼想的。

但芸卉眞的像是失去嗅覺且迷路了的小女生，面對我這個陌生人，她竟開始介紹起她的家庭成員。她笑著問我是不是也有一個會說我胖的妹妹？然後她說到她的爸爸，接著是媽媽，再來是個剛升國一的弟弟，她說她跟弟弟相差了十歲。當弟弟還是國小生的時候，她偶爾會去接弟弟放學，當弟弟的同學看見她的時候，會童言無忌地問她弟弟：「你換媽媽了嗎？」

「我眞的是氣到不行，我看起來有那麼老嗎？」她握著拳頭揮動著，「那時候我還只是個大學生耶，我怎麼可能會看起來像個媽媽呢？」

「不像，不像，眞的不像。」我安慰著她說，雖然那時她那髮型讓她看起來明顯老了五歲，但我還是必須要說不像。

「呵呵呵，你又沒看過兩年前的我，你怎麼知道不像？」她又呵呵呵地說著。

我突然發現這女孩的單純，像黑夜裡那顆白色的月亮一樣，皎潔而且明顯直接。你可以用閩南語「古意」來形容她的單純，因爲我覺得她的單純還包裹著很多很多的善良。

「啊！對了，我都忘了自我介紹了，我叫作馬芸卉，你呢？」

「尼爾，大家都叫我尼爾。」我說。

「尼爾？哪個尼？哪個爾？」

「尼姑的尼，爾雅的爾。」

「這是你的本名嗎？」

「可以說是，也可以說不是，只是我自從出娘胎到現在，幾乎沒有人叫過我的本名，每個人都叫我尼爾。」

「喔？真的嗎？」她很驚訝地說：「那你小學的時候老師是怎麼點名的？」

「叫尼爾啊。」

「國中的時候呢？」

「叫尼爾啊。」

「那高中的時候呢？」

「也叫尼爾啊。然後大學也是，現在也是。」

「呵呵呵，你怎麼知道我要問大學的時候呢？」她又呵呵呵地笑了。「我很好奇，那你怎麼登記你的戶籍？身分證上又是什麼名字呢？」

「身分證上的名字是我的本名啊，戶籍當然也是。」

「那你被警察臨檢的時候呢？他們不會叫你的名字嗎？」

「到目前爲止，還沒有在臨檢的時候被叫過全名。」

然後她就開始了，像個孩子的好奇心被打開了一樣，她霹靂啪啦問了一堆沒完沒了，「那同學會不會惡作劇叫你全名呢？那鄰居呢？親戚呢？總有比較不熟的親戚會叫出全名吧？那兄弟姊妹呢？你沒有兄弟姊妹嗎？你當兵的長官們也沒有嗎？」

當兵的長官們？

「對！當兵的長官們，軍中點名一定是叫全名的嘛。」

她這麼一說，我大笑了起來，「當兵更沒有人叫我全名了。」我說。

「爲什麼？」

「我們非得在這個話題上周旋嗎？」

「是不用，但是我很好奇啊！」

「就別好奇了，吃東西吧。」

尾牙的菜開始送上桌來，因爲我一直沒有要解除她心中好奇的意思，所以她也沒再繼續問下去。不過，關於我的名字的話題，倒是每到一個新環境，就都會演出一場追問記。

當然，因爲從來沒有一個人問出答案，所以有人聰明地退而求其次，換了個問題：

「那你為什麼要叫尼爾？為什麼不是歐尼爾？或是艾尼爾？溫尼爾？」

通常，我也只會回答「因為我的名字就叫作尼爾，它不會多加一個歐字，或是艾字，所以，也就不會多加個溫字」。

其實，我不是故意不告訴別人，只是，我還沒有說的準備。或者應該說，說的時間還沒到。

然後，到了尾牙最重頭戲的部分，就是抽獎。

獎品小到白玉瓷碗一組，大到重型一五〇機車都有，當中的獎項還包括了電冰箱、洗衣機、腳踏車、電視、電腦，比較特別的是菲夢絲塑身體驗一期，還有媚登峰專業瘦身學程一期。我在想，公司買這兩個獎有點踢館意味，屆時不管是公司哪兩位女同事去塑身，不管成功與否，菲夢絲跟媚登峰都難逃被評分的命運。

我還記得那一年的最大獎是現金十萬元，但因為百多位員工的鼓譟吶喊，後來總經理加碼五萬元，董事長加碼十萬元，然後各部課的長官也被拱得開始加碼，最後頭獎是現金三十八萬元。

「天啊……」芸卉把手捧在胸前說：「三十八萬元，這已經比我的年收入還要多了。」

「不只是妳的，也比我的年收入高。」我也羨慕地附和著。

「如果是你被抽中三十八萬，你第一件事情會想幹嘛？」

「我是不會有這種偏財運的，所以我連想都不會想。」

「我想啊……」她開始單純地作著白日夢，「如果被我抽中這三十八萬，我一定要先找個保鑣護送我回家，不然，帶著三十八萬的現金是很危險的事情。」

當芸卉還在單純地編著白日夢的同時，頭獎已經抽出，得獎人是生產部作業組的一位同事，不過，管他誰得獎，總之，不是我就對了。

嗨，我是尼爾，對，就是尼爾，別想太多。

媽媽，和女朋友

爸爸替媽媽取了一個英文名字「瑪雅」，

在他們剛認識的時候，大概是三十五年前。

我問爸爸：「為什麼取作瑪雅？」

「她是五月生的女神。」爸爸說。

很後來的後來我才知道，

瑪雅是個女神，她的名字就是拉丁文的五月，
「Maius」，而她掌管春天與生命。

十九歲那一年，我遇見了我的第一個女朋友，
那不是常言的那種觸電的感覺，
而是一種類似飛翔的刺激。
我終於了解爸爸心中所謂的女神的真意，
那是一種再也無法被取代的地位。

06

總公司決定在高雄成立分公司的那一天，我接到一張人事異動命令。在那之前的某個晚上，我和小芊在一家美式Pub裡面喝酒喝到凌晨三點。我們約了九點左右在師大夜市外的全家便利商店碰面，之後走在和平東路上，再穿越大安森林公園，這之間我們只說了幾句話。

「尼爾，你有吃晚飯嗎？」

有。

「尼爾，你今天工作累嗎？」

還好。不會。

「尼爾，你酒量還可以嗎？」

沒測過，但應該很差。

然後，我看她有些紊亂，我是說心緒，而不是衣衫，我沒有接什麼話，只是偶爾問問「妳還好嗎」、「妳怪怪的」、「妳不舒服嗎」，她也沒說什麼，就笑著看我，然後搖搖頭。

我們走到安和路的時候已經是兩個多小時以後的事了，她選了一家美式的Pub，點了一杯伏特加萊姆，我一開始是喝汽水，但見她越是酒酣，我也想醉一醉。我叫了一瓶海尼根，沒想到竟然喝不完。

我果然不適合啤酒，那是一種適合愁腸的飲料，而我並沒有愁腸伴味。

小芊可不是了，她的愁已經愁到腸胃炎的地步，伏特加萊姆喝了幾杯之後，她改叫約翰走路，我覺得這種酒在開消費者玩笑，明明喝上幾巡就連站起來都難，偏偏廣告不斷地叫人「keep walking」。

Walking? How? Show me please! 小芊是被我背著走出酒吧的。我曾經試著想讓她在女廁裡催吐，但她一口氣背出她的身分證字號家裡地址公司地址還有電話和分機，最後連我的手機號碼都一個個咚咚咚咚地從她口中唸出來，不但正確無誤還字正腔圓。

我還能說什麼？我只能順著她的意思，叫了一輛計程車送她回家。計程車才剛開沒多久，她就吐了。我趕緊摀住她的嘴巴，但她的嘔吐物從我的指縫中穿出，滴了兩滴在後座上。計程車司機很不高興地請我們下車去吐，我趕緊拿了五百元向司機賠不是，他的口氣瞬間好了起來：「其實幹我們這一行的喔，常常都會有客人吐在車上的啦，我們都很習慣啦。」

說著說著他把五百塊收進口袋裡，而我只是在心裡咒罵，並且為了五百元就可以買到他的服務態度感到悲哀。

小芊家在五樓，那是一棟公寓，沒有電梯。我背著她上樓梯的時候還可以聞到她的嘔吐物的味道，還有一身的酒精味。凌晨三點半的公寓樓梯間是很陰暗的，偶爾聽得見巷子裡的狗吠聲，但通常只吠了幾秒鐘。

我在小芊的包包裡翻找著鑰匙時，她突然對我說了聲謝謝。我只是笑了一笑，說聲不客氣，然後空氣中便開始有一種奇怪的氣氛。

門開了，小芊錯步蹣跚地走進去，我說了聲晚安，她說了句留下來。

隔天的 MSN 上面，我一直在等著小芊上線，我想跟她說昨天晚上我不是故意的，但她的暱稱前面的人形一直是深紅色的。我打過她的電話，但她沒有接，我打到她公司，但她總是很巧地不在座位上。

後來，在沒有辦法的情況下，我寫了封 mail，我不知道她會不會看，但我必須抱著希望。

輕舞飛天郭小芊：

希望那天的酒精量足以讓妳忘記失戀的痛苦，因爲我從不曾看見一個女孩可以喝這麼多，卻還能背出自己的身分證字號的。

我不知道妳怎麼了，我在MSN上面等不到妳，打電話妳不肯接，妳的同事也總是說妳不在座位上，我不知道妳是換了位置還是換了分機號碼。

還是，我該這麼說，妳換了一顆心呢？

從來，我們就一直是類似哥兒們的那種情誼，大學同窗四年，我們總會選上同一堂課，修同一個教授的學分，就連搬離學校宿舍之後，我們都住在同一棟大樓裡，很多「同在一起」的事情讓我們有了「不管如何，我回頭總會看見你」的信念。就算我們畢業七年了，那信念依然沒變。

我永遠記得妳是第一個進成功嶺看我的人，我的家人甚至都沒有妳起床得早。下部隊那一天，妳也是第一個到部隊探望我的，我其他的朋友和家人整整慢了妳一個禮拜。

妳是雲林人，卻一個人到台北念書，畢業後一個人留在台北工作，我常跟妳開玩笑說，妳是個裡外不一的女人，有著看似簡單樸實的打扮，身體裡卻流著都會女子的血液。其實，我是在讚美妳，因爲我一直都覺得，一個女孩要隻身在台北奮鬥，是一件很勇敢的事情。

而那天晚上，對不起。我說了晚安，而妳說了留下。我知道那是妳希望瘋狂的一夜，但原諒我無法配合妳的瘋狂。

明天，我要調到高雄去了。妳也知道的，那是我的老家，念大學的時候，我一直都對高雄讚不絕口的，不是嗎？

這次調到高雄，我不知道要待多久，但我希望我回到台北時，妳還是一樣。

再見囉，「同在一起」的「哥兒們」。

我承認，這個念頭在酒吧裡就閃過了好幾次，我知道如果我留下來的話，我會跟小芊上床。這是標準的都會情節戲碼，而且通常發生在本來不太可能會變成一對的兩個人身上。

我留下來了。是的，我留下來了。

驅使我留下來的原因，是小芊不顧一切的那個吻。

我想細寫那天晚上的情景，我第一次經歷那種深刻的紊亂的緊繃的掙扎的情緒，我心裡一直有個聲音說「尼爾，你知道這會有什麼後果」、「想一想！尼爾，想一想」。

後果我知道，該想的我也想了。但當時是一種什麼都停不下來的情況，包括擁抱，包括吻，包括撕扯對方的衣服，包括急促的呼吸。

也包括瞬間被引爆的愛情。

小芊的眼睛閉著，但我知道她還沒有睡。天亮了，夏天的太陽總是捨不得讓人們多睡那麼一會兒。

「小芊，我該做些什麼嗎？」我笨拙地問了笨拙的問題，因爲我不知道該說什麼。

「從你送我回家的那一秒鐘你就該猜到，這是可能會發生的。」她依然閉著眼睛。

「我知道，但我不認爲跟妳上床是我的目的。」

「但這是我的目的。」

她說，我驚訝，然後全身一陣痠麻。

「我們都是大人了，」她睜開眼睛，「尼爾，我們都是大人了。某些事情不是做了就該承擔的，現在已經不是五〇年代。」

接著，靜了好一陣子。我沒有說話，她也沒有。

我起身，穿上衣服，她依然躺在床上，動也不動。

「我了解妳的意思，妳剛剛所說的。」

「眞的了解嗎？」她說，慢慢地轉過頭來，「如果你眞的了解，就放下你現在心裡正在想的。」

「妳覺得我在想什麼？」

「你在想所謂的負責。」

我啞口，她跟著沉默。

「你快回去換件衣服準備上班吧。」她說：「你衣服上應該有很重的嘔吐味。」

「那妳呢？妳不上班嗎？」

「女孩子請假很容易，我可以打電話到公司說我月事不適。」

天眞的亮了，我漸漸聽見鳥鳴。轉身走向門口的同時，我看見一張照片，小芊倚在一個男孩身上快樂地笑著，我猜，那是小芊的前男友。

我打開門，正要走出去，小芊叫住了我。

「尼爾……」

「嗯？」

「如果我說昨天晚上的我是你的女朋友，那麼，我是你的第幾個女朋友？」

我的天，是不是有個人這麼問過我？怎麼會？怎麼我會有一種熟悉的感覺？

「可以告訴我嗎？」

「可以。」

「第幾個？」

「第四個。」

「第四個？嗯……」

「妳為什麼問這個？」

「因為昨天晚上的你，像個男朋友。」

「那，我是妳男朋友嗎？」

「不，你不是。」

她推著我出門口，看我下樓，走到三樓時，我聽見她關上門的聲音。

坐在回家的計程車上，我接到她的簡訊，她說：

尼爾，因為肉體關係而引爆的愛情，不是愛情。

載我到機場的人依然是芸卉，在離飛機起飛前往高雄的時間還有五十分鐘的時候，她硬是要我上她的車，而且硬是把我已經擺了一半在計程車裡面的行李拿了出來。

「你是不是不喜歡馬自達6？」她說。

怎麼會？我怎麼會不喜歡馬自達6呢？是誰給妳這樣的誤解的？

「你啊，就是你啊。」

我？怎麼可能？我並沒有啊。

「那不然你爲什麼不讓我載你去機場？」

我沒有啊，芸卉，我只是不想麻煩別人而已。

「麻煩？我是開車的人，我可一點都不覺得麻煩。」

好好好，妳想載我就讓妳載。

芸卉任性時的表情，跟小芊有著天壤之別，但她們笑的時候，有一樣的美。

後來我才知道，我跟小芊發生關係是她故意的。

「我一定要當那個說分手的人。」上一封mail裡，她這麼說。

當說分手的那個人，不一定會有獲得感，反而更容易失落。

07

分公司的成立，說穿了就是一大堆工作的集合。董事長來致詞的時候，搞得跟政治人物上台說話沒什麼兩樣。每次這樣的大會所請的主持人都是某廣播電台的主持人，不然就是某個公關公司的經理，大會程序當中不時穿插著冷笑話，自以爲幽默感很夠的大人物們一定會帶頭哈哈哈地大笑，我敢保證，你過去問他們笑點在哪？他們一定摸著腦袋瓜子跟你說不知道。

「高雄分公司的成立，就像一個小嬰兒的誕生。」

說話的人是董事長，他每次在這種成立大會一定會說一樣的話。他的下一句一定是說：「而被分派到分公司的成員，就是小嬰兒的褓姆。」

「而被分派到分公司的成員，就是小嬰兒的褓姆。」他說。

你看看，準不準？一字不漏，完全命中。他在新竹分公司成立的時候也這麼說，花東辦事處成立的時候也這麼說。有一次還在尾牙的時候說一樣的話，而小嬰兒變成了尾牙宴會。

尾牙宴會是小嬰兒？這……怎麼想怎麼不對。但他要硬拗也沒辦法，誰叫他是董事長。

「嬰兒要一路順利地長大，靠的是各位褓姆的呵護和照顧。」

對對對，都是褓姆的功勞，然後他要說如果沒有這些褓姆，公司就不會一直成長下去。他喜歡把功都歸到員工身上，不！應該這麼說，他喜歡在「口頭上」把功都歸到員工身上，但心頭上是「員工就是要被壓榨出能力來的工具」。

簡單地說，他是榨汁機，而我們是一顆顆的柳橙。

「您好，請喝柳橙汁。」

大會中，我不會是與會人員，我在公司的地位沒那麼重要，也並不會因爲需要我的專業能力而把我調到高雄來就會對我好一些。

沒有，就是沒有，這是不可能的事。

所以剛剛那一句請喝柳橙汁是我說的，我是招待，站在門口的招待。如果來賓是日本人的話，我還得九十度鞠躬大喊「依拉撒優嗎些」，那是日本話「歡迎光臨」的意思。我知道我唸得非常不標準，但我管他那麼多。

大會結束之後是我們最痛苦的時候。聽我這麼說你可能會想：「那大會開始之前就不痛苦嗎？」不，一樣痛苦，只是痛處不同，苦處也就不一樣。

會前要準備的東西很多，而分公司的人手很不足夠。通常都是分公司經理站在高處吆喝，分配每一個人的工作事項，例如小張去糕餅店買蛋糕餅乾還有一些點心甜食，並且找出便宜又漂亮的容器來裝盛那些糕餅，因爲這工作太簡單，所以小張還得想辦法釘出一個講桌跟講台來。對，是的，你沒看錯，就是釘出一個講桌和講台。小明跟小華去把所有的桌子搬到樓梯間暫時堆著，因爲分公司不大，會議室也容納不了所有與會的七十個人，所以把我們的辦公區清空，並且想辦法借調出大張桌椅來擺設，要讓辦公室看起來像個大型會議廳（廳你個頭！），而且要看起來像是大型公司在開什麼重要會議一樣，燈光空調什麼的都要像新的一樣。對，是的，你也沒看錯，就是像新的一樣。所以他們要買新的燈管燈泡，還要把所有空調口的蓋子拆下來洗。另外，小美和小芬除了到各大飯店去訂約七十人的席位之外，還要跟飯店公關商討菜單，且盡全力壓低飯店開出來的價錢，最好是草蝦的價錢可以吃到龍蝦，炒豬肉的價錢可以吃到神戶牛肉，最重要的是，還得學會如何調雞尾酒，因爲雞尾酒是大會當中就要讓來賓取用的，飯店通常不會單單外送雞尾酒。而調雞尾酒的另外一個重點，是要調成綠色的，因爲我們董事長喜歡綠色。

以上所言只是工作的某些部分，而小張小明小華小美小芬都是舉例用的名字，並不是公司同事。如果公司同事都叫這樣的名字，我會以爲我身在幼稚園。

那大會結束之後的工作呢？大會結束之後的工作就是把所有的東西恢復原狀，七十個人到大飯店去吃大餐，分公司除了經理必須出席午宴之外，其他人一律叫便當。對，是的，你的眼睛很好，一樣沒有看錯，我們吃便當。也就是董事長口中的褓姆，我們只有便當吃。

這一天公司會特別發給兩倍的薪水，大概是兩千多元，這是公司對我們的體恤，他們覺得這樣的體恤是一種德政。

我記得我剛搬到台北的時候，因爲租屋處髒亂不堪，而我因爲工作沒有時間整理，所以請了一個清潔工替我打掃。那個清潔工來估價的時候，還發出「嘖嘖嘖」的聲音，像是從來沒看過這麼髒的房子一樣。

「四千五，不能再便宜了。」

這是他的要價，而且他還補了一句「這麼髒的房子通常都要收六千的」，好像房子是我弄髒的，所以付這樣的錢是應該。

我在會前忙得不可開交，會後又要清東洗西的，結果得到兩千多元的補償，讓我覺得我連清潔工都不如，社會地位大概跟菲傭差不多。

董事長口中的嬰兒誕生了，身爲褓姆的我就得開始替嬰兒的未來努力。我的工作已經不只是改進生產線而已，還得身兼高雄倉庫的倉儲管理人員。公司給我一個漂亮的頭銜，叫作「主任」，薪水每個月多四千。但我的工作量加大、工作時間變長，在應徵到新的倉管人員之前，我就是那個倉管人員，我要負責出貨、打銷貨單、接訂貨電話、點倉，還得跟生產線的人員爭論囤貨量。我覺得三〇三一（捲線器產品代號）的需求量比六〇五二（捲線器產品代號）要來得小，希望他們報告生產課的負責人，在下個月的工單排程上先取消三〇三一，不然下個月六〇五二一定會產生出貨空窗。

他們還一直跟我說三〇三一一定會賣得比六〇五二來得快，結果還不到月底，六〇五二就產生空窗現象，公司的〇八〇〇免付費電話頓時成了罵人罵到爽專線。打來罵人的都是中游廠商，被罵的人是我。

這不是內銷課在做的事嗎？是啊！這確實是內銷課的工作。把公司的貨物介紹並出貨給中游廠商，而且要和生產部門協商生產量和抓取安全庫存量，這一直都是內銷課的工作。但董事長的一句「高雄暫時還不需要內銷課」，所以我就成了內銷課。

那麼，生產線不需要改進了嗎？

當然要，這是公司的命脈所在，生產不改進，就會拖累公司整個成長的速度，嚴重的話，是會被市場淘汰的。

那，龍課不是說要送我去日本觀摩別人的生產線嗎？

是啊，但高雄分公司需要一個熟悉生產線的人來穩住生產陣腳，所以他決定先派別人去，而那個別人就是害我拉肚子拉到結繭的偉鵬。

所以，我的專業無用武之地，所以我被冷落到倉儲部給冰凍起來了嗎？

哎呀，不會啦，你的專業和年資，都是公司長時間以來的觀察所認同的，公司沒有尼爾的話，就不會有今天了啊。

是這樣啊！那我今年有升遷的空間嗎？還是有多出來的特休假嗎？

怎麼會沒有升遷的空間呢？公司不是已經指派你擔任倉儲部的主任了嗎？這就是升遷啊，而且薪水也已經做了調整啦。再者，你的年資未滿七年，依公司規定，滿三年而未滿七年者，年特休假六天啊，這你不知道嗎，尼爾？

知道，這些我都知道，這種官方說法誰不知道呢？

「別難過嘛，尼爾，我聽經理說過，再過一陣子就會再應徵新的人員到高雄，到時候你就會比較輕鬆啦。」

電話裡頭的是芸卉，她常會打電話到高雄來聽我抱怨，然後給我安慰。

只是，我需要的不是安慰，我只覺得我像是被關在很小很小的籠裡的鳥。

而我想飛。

但……我要飛到哪裡呢？我也不知道。

一天晚上，很晚了，我剛加完班回到家裡。洗過澡之後，我躺在床上，感覺兩眼無神地看著天花板，心裡一片空白，什麼都沒在想。

一個翻身，我瞥見藏在衣櫥角落的那一大疊書，那是大學四年所學的所有課本，而蓋在那上面的布，我想已經佈上了一層灰了。

我輕輕拿起那一本《理概論》，坐回床上，一頁一頁地翻著。大學時的回憶也一頁一頁地在腦海裡翻著。

錢，沒有好賺的，不管你有沒有在賺錢，你都應該知道這一點。

08

剛進大一那一年的冬天，我遇見她。那天飄著雨，氣溫很低，大概只有十二、三度左右，時間是中午，天很灰，沒有打雷聲，除非你在我的寢室裡聽見我室友打呼。

那天有帶傘的是我，不是她，我跟她會認識也是因爲那一把傘。

當然事情不是憨人所想的那麼簡單，也不是很偶像劇很浪漫美麗的那種情節——她走過來，我爲她撐起了傘，然後兩人漫步在雨中，愛苗就此滋長。

拜託！這種肥皀劇我演不出來，現實生活也沒那個機會讓你演。氣溫十二、三度的冬天，而且還下著雨，冷到有一種鼻屎都會結冰的錯覺產生，怎麼可能有女孩子會跟你在雨中演這種鳥戲。我想所有人都希望躲在棉被裡不要出來，不然就是穿著到哈爾濱也能禦寒的大衣，脖子上裹著一條花圍巾，還戴著一頂尖尖的毛帽，讓自己看起來像隻怕冷的鱉。

中午我剛從餐廳吃完午飯，要到離我約兩百公尺遠的院館去上第五節課。當我走到餐廳門口，試圖從傘架裡數十把傘當中尋找我的史奴比（傘的名字）時，我看見一個女孩，拿著我的史奴比，站在餐廳門口。她一手撐著傘，另一隻手抱著書，看起來應該是在等人。

我心想，這眞是個大膽的賊，偷了別人的傘還站在犯罪現場等人來抓，這麼想吃牢飯也不需要這樣。我記得曾經看過一個新聞，有個失業已久的男子，爲了不想再爲下一餐在哪而煩惱，他心生一計，跑去搶超商，搶完了之後還麻煩店員打電話報警，他則站在超商裡等警察來。當警察問他爲什麼要搶超商的時候，他的回答是：「牢飯也不錯吃。」

我走過去對著女孩說：「小姐，這是我的傘。」我指著傘。

她看了看我，看了看傘，約莫過了三秒鐘，她皺起眉頭說：「你有搞錯嗎？」

搞錯？不，我怎麼會搞錯？這是我的史奴比，妳看看，這裡有隻史奴比。

「我知道那裡有隻史奴比，我是問你有沒有搞錯？」

我沒有搞錯，小姐，這確實是我的史奴比。

「你如何分辨這隻史奴比就是你的史奴比？」

這把傘我買了半年了，這隻史奴比就是我傘上面的史奴比。

「只要傘上面有史奴比的，就是你的傘？」

不，不是的，小姐，只有這把傘上面的史奴比才是我的史奴比，妳看看，這隻史奴比是撐著傘的，我的史奴比也撐著傘。

「很巧，我的史奴比也撐著傘，而且這把傘是藍色的，你的傘也是藍色的嗎？」

是啊，我的傘是藍色的，我確定這是我的史奴比。

「那萬一不是呢？」

啊？這……怎麼會不是？這是我的傘啊！

「你要不要進去裡面說，」她指著餐廳裡，「你的頭髮都濕了。」

不，不用了，小姐，只要妳把傘還給我，我的頭髮就不會濕了。

「但我也有一把一樣的傘啊，你怎麼能確定這傘是你的呢？」

哎呀！小姐，妳怎麼這麼「番」？這真的是我的傘，不然我問妳，妳怎麼確定這是妳的傘呢？

「我的傘有一隻史奴比。」

喔……是啊！然後呢？

「我的傘的史奴比也是撐著傘的。」

小姐，這是我剛剛的台詞。妳有沒有更有力的證明來確定這是妳的傘？

「沒有。」

「那就是了，妳沒有更有力的證明來確定這是妳的傘，又怎麼確定這是妳的傘呢？」

「你也是啊！」她生氣了，「你也沒有更有力的證明來確定這是你的傘啊。」

小姐，這恐怕會變成一種循環，妳有沒有發現我們一直在重覆著史奴比、證明和確定這些詞呢？

「有。」

那就是了，我們得想另一個方法來判定這傘的主人是誰。

「什麼方法？」

請妳回想一下，妳今天有沒有帶傘出門呢？

「有。」

那妳剛剛有到餐廳吃飯是嗎？

「是的。」

妳到餐廳的時候，傘是放在傘架裡的嗎？我回頭指著傘架。

「對。」

妳是一個人來嗎？

「對。」

所以沒有朋友跟妳來，然後把妳的傘借走？

「你這個問題是廢話。」

喔……眞是抱歉，我無意問廢話，但妳確定沒有人借走妳的傘嗎？

「如果有，那一定是鬼。」

是啊是啊，那還眞是見鬼了。

「剛剛你問我的所有問題，你自己通通回答一遍。」

有必要嗎？小姐。

「爲什麼沒必要？這不是你所想的方法嗎？」

好好好，我回答。我今天也有帶傘出門，我剛剛也是到餐廳吃飯，我把傘放在傘架裡，我也是一個人來，沒有鬼來借我的傘。

我回答完了之後，她沒說話，我也沒說話，我們就僵在那裡。因爲問題成了一個僵局，我們兩個就像結繭了一樣地定著。

「你確定這是你的好方法嗎？」她說。

這顯然不是個好方法，而且我覺得我的頭髮已經全濕了。

「那你的意思是怎樣？」

很明顯地我已經不能怎樣了，傘就送給妳吧。

「送給我？什麼叫送給我？」她又生氣了，「你拿我的傘送給我，你還眞會做人啊！」

小姐，剛剛已經爭辯過，這傘並不能確定是誰的，怎麼會是拿妳的傘送妳呢？

「那你又怎麼能說這傘是你送我的呢？」

我的意思是傘就給妳用吧，我用字失當，不好意思，請妳不要生氣。

「我沒有生氣。」

妳有。

「我沒有。」

妳有。

「我沒有。」

妳確定要繼續循環下去嗎？

「這不是我起的頭。」

好吧。這算是我起的頭好了，不好意思，請妳不要生氣。

「你！」她哭笑不得地說：「你是怎樣？這麼想循環下去嗎？」

沒有，我沒有循環下去的意思，如果再繼續循環，可能有人要摔書了。

「什麼?你說什麼?」

喔!不!沒有，我沒說什麼。我要去上課了。我的教室還離我很遠。

「你的教室在哪裡?」

那邊，管理學院大樓。

「那你要淋雨去嗎?」

不然妳能幫我叫到計程車嗎?

「哈哈哈哈哈!你很搞笑喔!」她哈哈大笑了起來，「學校怎麼有計程車?」

就是啊，所以我不淋雨去我還能怎樣嗎?

「很冷耶。」

我知道好嗎?

「知道就好，再見。」

我嗤了一聲，苦笑了一下。再見。我說。然後快步跑開。

一連上了兩節課之後，我走出院館，一連打了好幾個噴嚏，雨還沒有停，而我的頭髮才剛乾。

「那個尼……什麼爾的。」

我的後頭有人叫住我，我回頭一看，是她。

喔！我的天，妳怎麼會在這裡？

「我不能在這裡上課嗎？」

當然可以，只是，妳怎麼知道我的名字？

「因爲你的東西上面有你的名字。」她說：「這是你的立可白、橡皮擦，還有筆。」她把東西遞給我。

啊咧？怎麼會在妳那裡？難怪我剛剛找不到。

「你知道你一邊跑，東西一邊掉嗎？」

爲什麼？我的書包破了嗎？我翻了一翻我的書包，還眞的破了個洞。

「我怎麼知道？你一直跑一直跑，我一直喂喂喂地叫你都沒聽到。」

誰在路上聽見喂喂喂的會答「有」啊？

「我以爲你會聽到啊。」

還是要謝謝妳把東西拿給我。

「不客氣。我以爲你連謝謝都不會說。」

我像那麼沒禮貌的人嗎？妳哪一系的？怎麼在這裡上課？

「你問這麼多幹嘛？」

我只是問問，妳不說我也沒辦法。

「喂，你的名字怎麼唸？尼什麼爾啊？」

妳問這麼多幹嘛？

「哼！我只是問問，你不說我也沒辦法。」

說完，她轉身快步上了樓梯，消失在樓梯間。

呃……嗯……啊……耶……就是這樣。

09

不知道總經理是吃錯了藥，還是頭殼開始產生外星變化？高雄分公司成立內銷課的日期決定延後，而且是無限期地向後延。他們會跟你說得很好聽，什麼內銷課只是一個小課，像尼爾你這樣的人才待在內銷課眞是埋沒了。而且台北已經有內銷課，暫時不需要在高雄成立同樣的單位。而且無限期向後延期的意思，其實不像字面上看起來那樣遙遠，說不定是下個月，也說不定是下一季。

我聽他們在放屁！

如果眞是下個月或是下一季就會成立內銷課，那麼爲什麼從來不見台北的內銷課人員到高雄來做前置作業？高雄的地價比台北便宜，地租與倉庫租金也就比台北要來得省，公司在高雄縣租了一間倉庫，這間倉庫的規模至少是台北的三倍大，但我們的內銷人員只有台北的三分之一。他們的說法是，把一個行政單位從北移到南部，這當中有許多的情況需要事先評估，不宜冒進。而且台北的內銷課人員大都是台北人，或是已經在台北住了一段日子，如果要把他們調到高雄的話，那肯定會引發一波離職潮，這會失去一些好員工，也會因爲訓練新的員工而增加成本。所以，尼爾啊，你在公司待了五年了，內銷課和生產部你都待過，我想由你先來負責這些工作，應該不會是一件難事才對。

我去你媽的BBS！你們就光會出一張嘴巴，累的也是那兩片嘴唇，當然一點都不覺得難。

他們把成立內銷課的時程往後延的目的，其實是要成立一個新的課，叫作「海外技術課」，目的是要引進一些日本及歐美的製造技術，以及更加直接的技術交流。新進技術再加上公司原本有的某些優良技術，兩者相結合，讓我們所生產的產品品質更好，以求外銷訂單的量能提高。

因爲這個課的成立，公司很快地應徵了五個倉管人員，以及一個曾經有過倉儲主管經驗的人來擔任倉儲主任，而我則被調離倉儲部，來到海外技術課。

我成了公司有史以來在短時間內調動最多單位的資深人員（媽的我看起來像顆皮球嗎？）。

報到那天，分公司經理有到課裡來宣佈，說我們海外技術課的課長再過幾天就會到公司報到。他是一個有過十多年主管經驗的課長，之前一樣在製造業服務，相信他會有能力帶領這個新的team，讓公司在學習海外技術的過程當中能夠更加順利。

果然，在幾天之後，經理一早就帶著新課長到課裡來。

「我來隆重地跟你們介紹，這是你們海外技術課的課長，他叫作陳耀國，從今天開始，他將會跟海外技術課共進退，我們大家鼓掌歡迎他。」

一陣稀稀落落的掌聲之後，那新來的課長陳耀國只說了句「今後如果有我不清楚的地方，還請各位不吝指導」。他的意思是他並不熟悉鈞具的製程，所以可能需要我們來協助他進入狀況。

因爲我是課裡最資深的人員，所以我的階級已經到了製程工程師的位置。我被經理分配到美洲線，也就是美洲地區跟我們公司有技術交流的公司，都由我來負責溝通接洽。

一開始的時候，我會很擔心我跟對方的製程人員無法溝通，因爲我們使用的東西與某些術語是不盡相同的，而我就算在電子郵件裡面看見他們傳過來的產品雛型，我也不知道這產品的某個部分叫作什麼名字。舉個例子來說吧，他們喜歡鷹這種動物，所以設計者常會自然地在圖側就標上鷹眼型○○，或是鷹嘴型○○○，但那是什麼我看不懂，所以常會用電子郵件往返詢問，而且當中會有很多錯誤的訊息交換。解釋久了以後，大家也就不再客氣了。對方會很直接地跟我說：

「Are you a duffer?」意思是「你是笨蛋嗎」。

其實我只是想問爲什麼一定要把那個地方取名叫鷹眼○○或是鷹嘴○○?可以用其他的動物嗎？

「No! We like hawks.」不！我們喜歡鷹。這是他們的回答。

我習慣了他們的鷹來鷹去之後，這樣的郵件變少了，但換成他們寫信來問我類似的問題。

「What's LP?」，有一次他們看見我們的新聞，寫來mail問我什麼是LP，我不知道怎麼回答，於是我說：「Male's precious.」男性的寶貝。

我不知道他們是不是懂了。但我想就算他們搞懂了男性的寶貝是什麼，也可能沒辦法聯想爲什麼男性的寶貝要簡稱LP。

有時候他們會問些幾近笨蛋才會問的問題，而這些問題都是把圖看仔細一些就會得到答案的，於是我就會答：「Are you a duffer?」我自以爲將了他們一軍地回這一句。

「No, I am your father.」他們會這麼回答。

眞是銬到結繭。

在外技課的工作比之前更具挑戰性，也更有活潑性，我開始覺得工作有樂趣，而且會因爲完成某項工作而滿意。芸卉也會打電話來關心我的狀況，她一直認爲我在這種挑戰性高的課組裡可能會被欺負。

妳不要被欺負就好了，還反過來擔心我呢？我說。她在電話那一頭。

「哎呀！尼小爾！我在內銷課已經四年了，除了課長之外，我算是最資深的了，我怎麼可能被欺負？」

但其實眞實的狀況我都知道，那些比她資淺的課員總會因爲芸卉心地善良又單純有禮，所以老是會拜託她做某些不該是她工作份內的事情，而她還會很高興地笑著對人家說：「沒關係沒關係，這我來幫你做就好了。」

聽說芸卉的馬自達6被她妹妹開出去，結果撞爛了前面的保險桿，還爆出氣囊來。「我的天！我差點沒氣死！」芸卉說。但其實她怎麼會生氣呢？情況一定是她妹妹把車拖回來，然後跟她說保險桿壞了，氣囊也爆了，要記得去修理。而她一定是問妹妹有沒有受傷？保險桿跟氣囊才不是她在乎的。

「尼爾，我是眞的很生氣，氣她撞壞我的保險桿，而且氣囊很貴的你知道嗎？一顆要三、四萬呢！」她說。

是啦是啦，我知道妳很生氣，妳妹妹沒事吧？

「還好她沒事！車子的事情比較好解決。」她鬆了一口氣地說著。

你看。我說的沒錯吧！這就是芸卉。

在外技課的好日子沒過多久，課長開始出狀況了。而且他出的狀況是非常離譜的，我開始懷疑他根本就沒有當過主管的資歷，更不懂得什麼是課長該做的工作。

我很想現在就開始批判他，可是一旦開始批判起來，可能會花掉很多篇幅。所以再過幾集我再告訴你。

「我釘你個小人頭」、「我插你個小人眼」、「我戳你個……」辦公室裡，我拿了個小人偶，在上面寫了陳耀國的名字，然後這麼做。

10

田雅容後來把傘拿來還我了，在那之後的幾天。也就是說，那隻史奴比是我的，而她的史奴比被她的同學「不告而借」地拿走。所以她以為我的史奴比是她的，而我的史奴比跟她的長得一模一樣。

「那天在餐廳裡我有遇到我同學，但我跟她們並沒有同桌吃飯，她們離開的時候把我的傘拿去用了，本想說會在我吃完飯之前拿回來還我，但她們回來的時候我已經離開了，所以我以爲你的傘就是我的傘。」

經過她這一番解釋，讓「史奴比的消失」不至於成爲一樁懸案。

對，她叫作田雅容。我的初戀。

我們第一次約會是她把傘拿來還我的那一天，那時我們已經互相留過 **BBcall** 號碼。當時手機還沒有開放民營，所以全台灣只有一家公司有手機服務，那家公司叫作中華電信。而當時的手機並不叫手機，叫作大哥大。

我聽我爸說，大哥大之所以叫作大哥大，是因爲當時有大哥大的都是有錢人或黑道大哥，故而名之。大哥大的樣子就像一支無線電話，只是體積不小，而且重量以公斤計算，名字統稱黑金剛。後來常有笑話說，一把黑金剛在黑道大哥手上，遇上幹架的時候不但可以拿來烙人，還可以當凶器。我曾經看過，也拿過大哥大，我覺得那應該叫作武器，而不是手機。記得周星馳的電影裡有提到，說摺凳是七大武器之首，我倒覺得黑金剛才是。

田雅容拿傘來還我那天，氣溫還是很低，離農曆年剩下不到兩個禮拜。這天她穿著一件大紅色的毛衣，圍著黑色的圍巾，那樣子眞像一隻怕冷的鱉。我因爲這樣笑了出來，她問我在笑什麼，哼哼！白癡才敢說。她背著一個大袋子，說她正要回家去。因爲她已經交完報告，而且期末考試也已經結束。我問她妳要怎麼去車站，她說搭公車。我說我有一台破爛小Jog，如果她不嫌棄，我很願意載她去。

她只問了一句車在哪裡？然後就跳上車了。我第一次覺得這女孩還眞好說話。其實載她去車站的一路上，我們都沒有交談。我本來想跟她聊聊剛剛停在校門口附近的那輛賓士跑車，我很喜歡那輛車，而且聽說那輛車是我們學校的某個學生的。但也不知道爲什麼的竟然沒開口，就這樣一路安靜到車站去。

在路上我們看見有人因爲道路糾紛打起架來，因爲當時我們是紅燈，反正眼睛閒著也是閒著，所以就把打架當看戲。一直到綠燈亮起，她也沒說什麼，我也沒有因爲剛剛參與打架的其中一個少年的左勾拳打得像在揮蒼蠅而發表任何意見。所以，我們就眞的一路安靜到車站。

到了車站我才問她說她家在哪裡，她說高雄，我嚇了一跳。後來再問清楚一點，我才知道她家離我家很近，但也近得很尷尬。那是一種騎機車嫌太近，騎腳踏車嫌有點累，走路去又像白癡，開車的話更是智障的距離。現在你問我多遠，我也不知道怎麼說了。

「喂。」她叫了我一聲。

我有名字好嗎？

「你的名字很繞口，而且唸起來像美國人的名字，我才不想叫。」

這也只是簡單的三個字好嗎？

「我就是不想叫，你要咬我嗎？」

好好好，不想就不想。

「喂。」

怎麼樣？

「寒假到了。」

我知道，但我還有一科沒考完。

「你寒假想幹嘛？」

還沒有計畫，大概是冬眠吧。

「你可以正經點嗎？」

我是很正經啊。妳不覺得冬眠是過寒假的好方法嗎？

「好吧，那你慢慢冬眠吧。」

她有點生氣，轉頭就走進車站了。當時我其實覺得有點難過，因爲扣掉我還有一科期末考還沒考的時間，我可能會有整整一個寒假不會看見她。而且我還耍嘴皮子地對她說我整個寒假都要冬眠，我想她大概很不爽。

於是，我跑到車站附近的泡沫紅茶店裡去借電話call她。我祈禱老天爺千萬不要讓她上了火車，不然她沒辦法回我電話，我就得在泡沫紅茶店裡等她五個小時（台北到高雄的大約時間）。

沒幾分鐘她就回了電話，還好她還沒上火車。

票買了嗎？我問。

「買了。」

那妳上車了嗎？

「上車了。」

那妳怎麼回電話？

「你是白癡嗎？我當然要下車回電話呀。」

那火車還要多久開呢？

「已經開了。」

啊？什麼？已經開了！

「對。所以你最好有事情要告訴我，不然你就倒楣了。」

我當然是有事情要告訴妳，不然我 call 妳幹嘛？

「什麼事？」

我要跟妳說我寒假並沒有要冬眠啦。

「喔，是喔，那恭喜你啊，懶豬。」

我一點都不懶。我跟妳說冬眠只是要逗妳笑的。

「我並不會因爲一個人跟我說他一整個寒假都要冬眠就會笑出來好嗎？」

妳不覺得這是一句很幽默的話嗎？

「不覺得。」

喔……那好吧。

「什麼叫那好吧？」

就是那好吧的意思。

「你 call 我就是要跟我解釋你的幽默感嗎？」

不是，我是要跟妳說我不會冬眠。

「你是笨蛋嗎？」

不是，我不是笨蛋。

「……」

妳在生氣嗎？

「沒有。」

有。妳在生氣。

「沒有沒有沒有沒有沒有！」她歇斯底里了起來。

妳想喝紅茶嗎？

「你說什麼？」

紅茶。妳想喝紅茶嗎？我在泡沫紅茶店裡，我幫妳買杯紅茶讓妳消消火好嗎？

「我要石榴紅茶。」她說。

我買了飲料回到車站，她站在剛剛下車的地方等我。我走了過去，把石榴紅茶遞給她。她喝了一口，說有點酸。

我又載著她離開車站，但我不知道要載她去哪裡。她也很奇怪地沒有問我到底要載她到哪裡去。我就這樣順著原路回學校。在路上看見剛剛有人打架的那個路口已經圍了三部警車，剛剛那些打架的人似乎叫來了更多的人，一時之間我也分不清到底是哪些個人剛剛在這裡打架。

「你要載我去哪裡？」她終於開口問了，在離學校只剩下幾百公尺的時候。

我不知道，而且我正在盤算把妳賣了我會分到多少錢。

「那你會變得很富有。」她說。

是嗎？妳怎麼這麼有自信？

「我並不是有自信，我只是認爲我不是你。」

啊咧……妳很幽默嘛。

「比起你的幽默，我是略勝一籌。」

然後學校到了。她下了車，我把車停好。這時遇見同班的幾個同學，他們看見我身邊有個田雅容，喔來喔去的像一群狼一樣。其中一個同學說晚上六點半要一起到公館吃燒烤，要我約田雅容一起去。

妳要去嗎？燒烤。他們離開之後，我回頭問。

「要吃到幾點？」

我不知道，但通常都會哈啦打屁到滿晚的。

「那我要幾點回家？」

我不知道，如果妳願意搭統聯的話，其實二十四小時都有班車的。

「那我要怎麼去搭統聯？」

我可以載妳去搭統聯。

「喔，好，那我跟你去吃燒烤。」

但是妳要牽著我的手進燒烤店。

「爲什麼？」她吃驚地問，眼睛張得老大。

關於這個爲什麼，我可不可以改天再告訴妳？

「可以，那我就改天再牽你的手。」

其實，在她話剛說完的那當下，我就把她的手牽了起來，緊緊地。她用力甩了幾下試圖掙脫，但並沒有成功。

「我可是會尖叫的！」她說。

我相信妳會，但不是這時候。我說

11

一天，很晚了，我下班回到家，爸爸坐在他習慣坐的那張沙發上，手裡拿著一瓶威士忌。

「兒子，有空嗎？來跟我聊聊天吧。」他說。

我沒多想什麼，背包放著就坐到爸爸旁邊去。

這天，他跟我談到媽媽。

田雅容第一次來我家的時候，是在我們都要升大二的那年暑假。我記得在那之前我曾經住院過，因爲我得了登革熱。我想不到一隻蚊子可以讓我在病床上躺好幾天，我一度發燒到三十九度半，而且全身像是被上萬支針扎一樣地疼痛，我的身體開始出現紅疹，而且奇癢無比，越搔越多，難以抑止。有一次我在睡覺，田雅容到醫院來看我（她每天都會來），她不想把我吵醒，靜靜地坐在我旁邊削蘋果。可能是病房裡光線不足的關係，她把病床旁邊的那盞檯燈打開，在那瞬間我剛好醒來，睜開眼睛看見一道強光，

「不會吧！天使要來迎接我了嗎？」我說。她以爲我燒壞頭殼了，趕緊跑到病房外叫護士。

爸爸在那時候認識了田雅容，在那之前他只聽我講過她，但並沒有見過她。

「伯父您好，我叫田雅容，文雅的雅，容貌的容，是尼爾的女朋友。」她第一次見到我爸爸的時候，很有禮貌地笑著說。

爸爸，你別看她現在文靜有禮的樣子，其實她對我很凶的。我說。

「我什麼時候凶過你？」她皺起眉頭質問著。

很多時候啊，只是我這個人一向只記好不記壞，只念功不念過，所以我忘了妳什麼時候凶過我了。

「是這樣喔。那我這個很凶的人現在就要回去了，要吃蘋果你自己削啊。」

她作勢收拾自己的東西，把剩下的兩顆蘋果擺在病床旁邊的桌上。然後親切地笑著跟我爸爸說了句再見，隨即回頭對我做了個鬼臉，走出病房。

沒兩分鐘她就回來了，她回來的理由是天氣太熱，醫院的冷氣吹起來很舒服。

當然，她是不可能眞的離開的。一直到我們分手那天，她都不曾眞的離開。

她第一次到我家，是因爲我答應過她要煮飯給她吃。她一直不相信我是個會作菜的男生。她說我看起來一副好命相，應該是連掃地拖地都不會的公子哥兒。但當我把一盤盤家常小菜端上桌的時候，她一副不敢置信的表情，還跑進我家的廚房去翻看了一會兒，我問她到底在找什麼？她說在看我媽是不是躲在廚房裡。

「尼爾，你媽媽是個很完美的女人。」爸爸說，又喝了一口威士忌。

嗯。我知道。我這麼回答爸爸。其實，我根本不知道媽媽是不是個完美的女人。

時鐘指向十一點整，鐘聲噹噹地響了十一聲。爸爸點起一根菸，同時也遞了一支香菸給我。我曾經在當兵的時候抽過大約一年的菸，但越抽越覺得沒意思，所以就沒再碰了。

我接過菸，拿起打火機點燃。好幾年沒再抽菸的我已經不太熟悉菸在喉頭的感覺，雖然沒有引發菸咳，但卻開始一陣暈眩。

爸爸，改抽淡一點的菸吧。我說。

「喔……你媽媽也這麼跟我說過。她說長壽菸抽了根本不會長壽，乾脆換個淡一點、名字好聽一點的菸來抽抽。」

爸，怎麼今晚突然間要跟我談起媽媽呢？

「因為我很想她。」

……我不知道該回應什麼。

「尼爾，你知道我跟你媽媽是怎麼認識的嗎？」

我不知道，你沒有跟我說過。

「那你有興趣聽聽嗎？」

當然有。

「好。我二十五歲那一年，那時候我還在嘉義教書。有一次教師研討會在高雄舉行，所以我搭著火車來到高雄，在研討會上看見你媽媽。」

然後你就開始追媽媽？

「我不知道那方法是不是叫作追？兩天的研討會結束以後，我走到她旁邊去，問了她一句，妳在哪間學校任教啊？她說她在高雄市樂群國小教書。我回到嘉義之後就開始寫信到樂群國小給她。直到第三十六封信之後，她才回了一封。」

她回信說什麼？

「你應該先問我爲什麼她要在我寫了三十六封信之後才回信？」

喔，爲什麼她要在你寫了三十六封信之後才回信？

「因爲那封信我只寫了一句話，卻寫了十多張信紙。」

哪一句？

「嫁給我好嗎？一共寫了九百次。」

我的天！爸爸，我不知道你是個把妹高手啊。

「哈哈哈！」爸爸笑了，「你應該稱讚的是你媽媽，她才是把哥高手。」

爲什麼？她回信裡寫了什麼嗎？

「她只寫了一行字。」

什麼？

「我不要聘金，不要婚紗照，不要紅包來紅包去，不要所有的結婚習俗。」

爸爸抽了一口菸，然後緩緩地吐出來。

媽媽只寫了這些嗎？

爸爸搖搖頭，「還有最後一句。」他又抽了最後一口菸，然後撚熄菸頭。

「我只要你愛我。」爸爸說：「對，她信中的最後一句話就是我只要你愛我。」

兩年之後，爸爸從嘉義請調到高雄的樂群國小。又過了半年，他們訂了婚。民國六十三年，也就是西元一九七四年的夏天，他們結婚了。

後來，我又做了好幾次飯給田雅容吃，她已經相信我是個會煮飯炒菜的男生。但她再也不會跑進廚房找我媽媽。

又過了一年，也就是大二要結束的那一個暑假，田雅容取得了到德國去當交換學生的資格。這對大學生來說是一個絕佳的機會，你的所學所知將不僅僅限於台灣的視野而已。

但是她不要。

「我不要。」她說。

不要？爲什麼不要？我瞪大眼睛不可思議地看著她。

「爲什麼一定要去？」

這可是千載難逢的好機會啊，小雅。在一起之後沒多久，我開始叫她小雅。

「爲什麼你跟我的教授說的一樣？」她開始學著教授的嘴臉，「這可是千載難逢的好機會啊，巴啦巴啦巴啦巴啦……」每一個字都擠滿了外地腔，那個教授說話就是這樣。

但這確實是千載難逢的好機會啊。

「我可以把機會讓給別人啊。這可是功德一件呢。」

這不會是功德一件的，小雅。妳要知道，交換學生可以學到的東西是比普通大學生要來得多的。

「這我當然知道。」

既然知道，又為什麼要放棄呢？

「你這麼喜歡去，那我讓你去好了。」

啊咧！這是什麼傻話？妳能去是因為妳夠聰明夠資格，而且這不是我說換我去就換我去的好嗎？

「你知道德國在哪裡嗎？」

知道啊，在歐洲。

「你知道那有多遠嗎？」

昨天我上網查過，大概距離台灣一萬四千公里。

「你知道德國會下雪嗎？」

我知道，那邊八月份的氣溫就在十五至十八度左右了。

「你知道我很怕冷嗎？」

我知道啊。妳可以多帶一些衣服去，我也可以存點錢買件大衣給妳啊。

「……」

而且妳不是最喜歡看雪了嗎？

「……」

那裡有阿爾卑斯山喔。

「……」

南邊就是瑞士跟奧地利了耶，那是很漂亮很美麗的國家喔。我像是在哄小孩子一樣地哄著她。

「……」

妳幹嘛不說話？

「一萬四千公里耶……」

嗯。一萬四千公里。

「那離台灣很遠耶……」

是啊，搭飛機要將近十五個小時喔。

「難道你都不會捨不得我嗎？」

我當然會捨不得啊。但我覺得這是一個好機會，我應該鼓勵妳，而不是阻止妳。

這天晚上，我跟雅容發生了關係。不怕你們笑，我們都是第一次。兩個都是第一次的人在同一張床上試圖完成一件只知道程序卻不懂得方法的大事，那是會發生很多好笑的對話的。

「這會痛嗎?」她問。

廢話，這當然會痛。

「會很痛很痛嗎?」

我不知道，我只知道會痛。

「那你們男生會痛嗎?」

我不知道。但聽說不會。

「爲什麼這麼不公平?」

我怎麼知道，妳問上帝啊!

「我是你的第幾個女朋友呢?尼爾。」事情結束之後，她這麼問我。這是她第二次叫我的名字。

第一個。我說。

「第一個?」

嗯，第一個。

「你騙人!」

我騙妳幹嘛？這可是我的初戀和我的第一次呢。

「這樣有很了不起嗎？」她哼的一聲，「這也是我的初戀跟我的第一次啊。」

那很好，我們都是完美的。

「是啊。我們都是完美的。」她重複了一次我說的話，然後閉上眼睛，漸漸睡去。

她要出發那天，我陪她在機場等候登機。那天她的話不多，她的爸媽不斷地在幫她檢查行李，怕她忘了帶這個，或是漏帶了那個。

檢查護照之後，她走向出境走廊，回頭向我揮手說再見，然後消失在那個轉角處。

我整整在機場哭了一個小時，躲進機場的廁所裡。我停不下我的眼淚，我不知道爲什麼停不下。

「尼爾。」爸爸叫我，同時點上一根菸。時針漸漸地指向十二點。

嗯？什麼事？爸爸。

「你知道你的媽媽有個英文名字嗎？」

嗯？我不知道。

「她的英文名字是我取的。叫作瑪雅。」

喔？爲什麼取作瑪雅？

「因爲她是五月生的女神。」爸爸說：「所以她生了你。」

女神？爸爸，爲什麼要這麼稱呼媽媽？

爸爸沒有回答我，站起身來走開。

這是那天晚上爸爸所說的最後一句話，他撚熄了菸。走向房間，關上房門睡了。

後來我上網查詢瑪雅，原來瑪雅是希臘神話裡的一位女神，她掌管春天與生命。於是希臘曆法的五月便以她的名字爲名。

一九七五年的冬天，媽媽懷了我。一九七六年的九月，我出生了。

爸爸說我出生的時候沒有哭，所以被護士小姐狠狠地賞了兩巴掌屁股。媽媽要護士先別把我抱走，她要好好地看看我。

我是從照片裡面知道媽媽的樣子的，因爲我這輩子從來沒有見過她。就連唯一的一次面對面，我都還沒來得及睜開眼睛。

媽媽果然是五月的女神，掌管著春天與生命。只是，她給了我生命，卻管不了自己的生命。

「我什麼都不要，我只要你愛我。」媽媽說。

沒有什麼假如的事

對！就是這樣，沒有什麼假如的事。
沒有什麼假如這個假如那個的，
沒有什麼假如我怎樣你會怎樣的，
也沒有什麼假如你怎樣我就怎樣的，
沒有。就是沒有。沒什麼好說的。

輔導老師曾經試圖撫平我失去媽媽的傷痛，
說什麼假如媽媽在的話會不喜歡看我這樣，
媽的！我是怎樣？我有怎樣？我哪能怎樣？
什麼有媽的孩子像個寶？我寶你個混蛋！
那些寶一天到晚笑我沒有媽媽是怎樣？
我在他鼻子上補個兩拳又怎樣？
反正他是寶啊！他有媽媽可以為他呼呼啊！

別跟我說什麼假如媽媽在會不喜歡我這樣的！
媽媽不在了！就沒有人會不喜歡我這樣了。
對！就是這樣！沒什麼好說的！

12

課長腦袋裡裝的是大便！對，沒錯！就是大便！我非常確定，這不需要照X光。就算照了X光你也只會看見那一坨一坨勾了芡的大便。勾芡你了解嗎？這不代表大便的濃稠度，而是那個形狀。對，就是卡通常在畫的那種，日本漫畫家鳥山明的《機器娃娃與怪博士》裡面常出現的那一坨。

而且那一坨大便會說話。

課長的腦袋裡裝的是大便！對！就是這樣！沒什麼好說的！

我不知道他每天到底都在忙什麼？看他跑來跑去晨會午會夕會什麼亂七八糟阿里不達的會一個一個地開，手上的文件一疊比一疊厚。他完完整整地把這些東西抱回來，然後擱在那裡。對！就是擱在那裡。他的座位後方有兩個櫃子。他到外技課還不到一個月，那兩個櫃子已經滿了。

你常會接到打到外技科來，劈頭就問課長在不在的電話，那口氣像是課長欠他好幾個月的會錢不給。然後你把電話轉給他，他會一直傻笑點頭說「這件事我正在處理中」，其實根本沒有。然後他掛了電話，開始往後面的兩個櫃子裡找東西。這大概又要花個十來分鐘，因爲他從來都不把 project 分類，那些 project 找起來像在大海撈針，你會看他找得一頭汗。等他找到了要找的資料，他就把課裡所有的人都叫到他旁邊，不管我們是不是正在忙其他事情。

「那個誰誰誰，把這個 project 看一下，看有沒有什麼該回覆的，然後寫個電子郵件到美國。」

這時你可能會問，翻審 project 的工作不是課長在做的嗎？是啊，就是課長在做的，但是他不會，所以你得幫他。

「課長，這個 project 可能需要會同研發部的人來看一下。」同事會這麼回答，因爲這是研發部跟我們之間一起組 team，也需要一起完成的。

「是嗎？那你覺得找誰來看好？」他說，一臉正經的。

媽呀我的天！你是課長啊，這不是你該知道要找誰的嗎？不然當初你是怎麼分配人員負責這個 project 的呢？

「我覺得這需要找研發部的誰誰誰來看看。」同事回答。

「好，很好，我也是這麼想。我建議你快點打電話給他。」

你建議？這是你建議的？這下子又變成了你的功勞？是你建議我們要找這個人的？

他創下天地無用的紀錄還不只這一項荒唐至極的。他身爲一個課長，還號稱有過十多年主管經驗的課長，居然連 ISO 都不知道？請他記得一些常用的表格編號，像是老師在請小朋友把九九乘法表背起來一樣地痛苦。

「尼爾，來來來，幫幫我。你看看這個文件格式是幾號？」

13-5，課長，13-5。這我已經跟你說過了，13-5 就放在你左後方的櫃子裡，從上面數下來第五格。

「哎呀，尼爾，我又忘了上一次你跟我說的 7-3 是放在哪裡了？」

放在左邊那一排由上往下數來第四格。

「喔，對對對，我記起來了。」

課長，你要寫什麼？爲什麼要用 7-3？

「我要寫料號條碼編檔表，這是 7-3 對吧？」

不，不對，是 5-3。

「啊啊啊，對對對，是 5-3 沒錯。」他傻笑著說。

笑笑笑，笑你媽個 BBS！

他喜歡跟別人保證事情，尤其是對上面的人。他喜歡保證某個 project 可以由外技課負責，或是保證哪件事情外技課的人員一定可以完成。但他對那件事情了解嗎？我告訴你，一竅不通！來，跟我唸一遍，一、竅、不、通！

懂得一分的他會跟你講到十分，懂得半分的他也會跟你講到十分。那如果他懂得兩分呢？我告訴你，那就是地獄了。他會講到破表，講到連神都會掉下巴。

這會產生什麼情況你知道嗎？

當他與別人信件往來，談及他所保證的 project 時，他會開始言詞閃爍，然後講一些不知道在講什麼的東西。別人會以爲他說的好像是對的，但感覺怎麼看不太懂，於是寫信來問他。這時他會跟那個人說：「哎呀！這比較專業，你不能了解我的明白啦。」

他常跟我們抱怨每天都要處理一堆信箱裡的信，光是回信就回不完。於是有一天課內會議，他決定把所有寄給他的信件都轉到所有課員的信箱裡。他說：「因爲我的業務比較繁忙，信件又太多無法處理，所以大家幫我個忙，幫我看一看信，如果有重點就告訴我。」

這下好玩了，他再也沒有祕密了。對，沒錯，他再也沒有祕密了。他每天大約會有一百二、三十封信件，但其實眞的有用的大概十來封。那其他的一百多封是什麼信呢？其他的一百多封信大致可以分成兩種，一種是寫來問他「What are you talking about?」，你到底在說什麼？另一種是寫來罵人的，問他什麼時候才會給回覆，計畫因為他的緣故而耽擱是常有的事。

所以我們都把他的信件當笑話看，十足的網路笑話。而且我非常不明白的是，他明知自己的信件裡幾乎都是會讓他出糗的信，為什麼還敢把信件發給我們？難道他的臉皮已經厚到連原子彈都轟不破了嗎？

有時候真的看見了重要的信件，我們會趕緊告訴他。但我們常常找不到他在哪裡，於是我們打手機。

「課長，有件○○○的事情，好像很重要，你要不要回來處理一下？」

他會回答你：「這件事情我知道，而且我現在在開會，不要吵我。」然後，再過個幾小時或是隔天，我們就會看見寫來罵他的信：「陳耀國，你到底在幹什麼？昨天跟你講的○○○的事，你為什麼到現在還沒有給我們答覆？」

這時他就會很快地把○○○事情拿出來，要我們放下手邊的工作，然後替他分工完成。

「為什麼沒有人告訴我○○○？為什麼？我不是叫你們要替我看信件嗎？」

他拉開嗓門，有點大聲地質問著所有人，但沒有人要理他。

對，就是沒有人要理他。

「我可以罵髒話嗎？芸卉。」電話裡，我這麼對她說。

「可以。」她回答。

「幹！」

13

小學的時候，我在學校創下了一個紀錄。我一天之內打了十二個人，在校外被圍毆的還不算在內。我打架打到老師把我隔離教學。爸爸那時因爲肝和膽的問題中斷了教職工作。也就因爲爸爸中斷了教職，所以我再也不是「老師的兒子」，而是「沒有媽媽的孩子」。

我不知道這有什麼好嘲笑的？某些同學一天到晚忘東忘西，這個沒帶那個沒做，打通電話就要媽媽大老遠送到學校來，還要送到教室。我只不過因爲羨慕而說了一句：「你媽媽眞好，還會幫你送東西。」他就回我說：「哪像你？沒有媽媽幫你。」

這是他自己找死，不要怪我打破他的鼻子！

我還很冷靜地等老師下課才動手，因爲我覺得上課打人對老師來說是一種不尊敬的行爲。爸爸教過我，上課的時候連說話都是不禮貌的，更何況是打架。下課之後我什麼都沒說，一把把他抓到教室後面的垃圾桶旁邊，然後一拳從他的鼻子上面爆下去。他的鼻血瞬間像水龍頭打開了一樣地流下來，然後大哭。

他有一個哥哥，比我大一個年級，聽聞弟弟被扁，面子當然掛不住。不到兩分鐘就從樓上衝下來，拿了一顆棒球。我不知道他拿棒球怎麼打架？「是誰打我弟弟的？」他衝進教室來就大喊，我說是我，他就把棒球往我身上丟，我閃了一下，棒球砸破了一塊玻璃。我走到他旁邊，告訴他，「你弟弟笑我沒媽媽，這是他自己找死！」他抓住我的頭髮，我痛得大叫，再也忍不住怒火。

「我想看他流鼻血的樣子。」

那時我心裡是這麼想的。然後他就跟他弟弟一樣，抱著鼻子蹲在地上大哭。

很快地，我被老師叫到辦公室去罵，還挨了一頓藤條。老師一直要我跟他們說對不起。拜託！這怎麼可能？要我吃屎都可以，就是不可能跟他們說對不起。老師要我上課鐘響之後在教室外面罰站。但是罰站沒有效果。下課時那個哥哥又找來更多人，把我拖到廁所去揍。其實我被打得很慘，但我一手拿起掃廁所用的長刷，那些人馬上後退，其實他們怕的不是長刷，而是長刷上面的尿。

冤冤相報何時了？對，就是沒得了，所以我下課就上樓去找他們。我走進他們教室，哥哥背對著我，我從他側臉上補了一拳，他連擋下來的機會都沒有，嗚的一聲馬上趴下。剛剛在廁所打過我的那些人立刻圍了過來，我推倒了幾個，他們撞到桌角之後就沒再站起來，我騎到他們身上，「我想看見他們流鼻血的樣子。」我只是執著地這麼想，他們的鼻血就在臉頰上了。

爸爸當然很快地就趕到學校把我帶走。在家裡他不斷地告訴我，不可以跟他們起衝突，打架更是不對的事。但我只說了句「他們說我沒有媽媽」，爸爸就不再說話了。

幾天之後的放學，我被他們找來的國中生圍毆，他們打斷了我的右手，打破了我的額頭，也打破了我的鼻子。「你很喜歡看見鼻血是嗎？」他們用手沾起我的鼻血，在我的臉頰上亂畫，我很想站起來再打，但是我真的站不起來。

那年我十一歲。

爸爸很快地幫我辦了轉學，其他的老師也說如果我再不轉學的話，哪天可能會打出人命來。爸爸後來也贊成我為了媽媽打架，但他說了一句話，我就再也不敢打架了。

「我只剩下你而已啊，兒子。」爸爸這麼說。

我右手吊著石膏到了新的學校，同學問我的頭跟我的手怎麼了？我說騎車摔的。

後來有很多很多的記憶都已經不復記憶了。在我腦海裡，我的小學生活除了打架、右手斷了、額頭有個疤之外，好像連學校長什麼樣子我都沒什麼印象。有一次走在高雄市的街道上，那時我高中，有個國小同學從後面叫住我，他說他五、六年級的時候跟我同班，還說他永遠都記得我在學校打架打了一天的事情。但我連他是不是真的跟我同班過都不記得。所以我覺得這不能怪我，因為連同學都只記得我打架的樣子，更何況是我自己。

有很多人問過我額頭上的疤是怎麼來的？但我只對三個人說過那是打架來的。一個是小芊，一個是田雅容，最後一個是芸卉。她們三個人聽完我小學的故事反應都不一樣。

「你真是笨蛋，一個打十幾個當然會被扁。你應該多找一些跟你站在同一陣線的人陪你並肩作戰才對。」這是小芊的反應。

「我想，就算是十年後的你，也一定會爲了這件事情打架吧。」這是田雅容的反應。

「哎呀！這疤不小啊，一定很痛吧！」我想這不需要說，大家都知道這是芸卉的反應。

我不知道我爲什麼會跟小芊說這個。那時是大二下學期，小芊有個男朋友叫阿風，但她常常會到男生宿舍找我聊天。阿風是我們的學長，我們大二的時候他已經大四，正在爲了準備研究所的考試焦頭爛額著。「因爲他都沒時間陪我啊，所以我只好找你聊天打發時間。」小芊是這麼說的。那時我跟田雅容已經在一起一年多，小芊常來找我的事情她也知道，起初她會因爲這樣吃個小醋，說什麼小芊可能對我有意思，或是我是不是想腳踏兩條船之類的。

「她胸部那麼大，你不喜歡嗎？男生不是都喜歡胸部大的女生嗎？」田雅容曾經這樣挖苦我，我眞的不知道該怎麼解釋。

但日子久了她也就習慣了，就算小芊找我散步聊天她也不會再多想。其實我是個很安全的男孩子，只要有女朋友就不會亂來。

小芊問我爲什麼頭上有個疤的那天，是她跟阿風分手的那天。我看不出她有什麼特別難過的。她只是照慣例來到男生宿舍，然後告訴我她跟阿風分手了，想去吃點東西讓自己胖起來。她說阿風常說她哪裡的肥肉變多了，或是大腿開始變象腿了之類的話，所以她爲了阿風，幾乎每一餐都只吃三分飽。那天我跟她到饒河夜市從頭吃到尾，田雅容也有跟。其實我跟雅容是去看她表演的，因爲我們眞的開了眼界，我還一度懷疑女人有兩個胃的這個說法是眞的。

「假的，是假的。」雅容說。她說她就沒有兩個胃。

那如果我跟妳分手的話，妳會這麼做嗎？我問。

「不會，因爲你從不曾嫌我胖。」她說。

她是眞的不胖，而且我還覺得她有點瘦。曾經我跟她去爬指南山，還背著她走了一段路，發現她一點都不會造成我的負荷。

「尼爾是個好男生，眞的。」小芊這麼跟雅容說過，在她吃遍了饒河夜市那天。雅容回她「我知道，而且我永遠都知道」。

我不太明白雅容說她永遠都知道是什麼意思，我也忘了有沒有問過她。

我好像眞的沒有問過她吧。在那之後沒多久，雅容就到德國去了，起初我們還每天通個幾封郵件，但她說她在那裡的生活有點忙碌，還得學德文，所以她寫信的時間會變少。沒多久之後，信箱裡只有我的寄件備份，而她的信已經被垃圾信件淹沒。

有一天深夜裡，我跟小芊在操場旁邊聊天，我問她，阿風跟她分手的原因是什麼？她說不知道。

「他沒講，他只說他想跟我分手。」

爲什麼妳沒問原因呢？

「你以爲我是笨蛋嗎，尼爾？我當然有問，但他就是沒說。」

完全沒有商量的餘地嗎？

「商量什麼？人家都不要你了，幹嘛還要巴著別人的屁股不放？」

小芊，妳言重了。

「哪裡言重了？」

我覺得，妳不需要把自己講得這麼不值得，妳並沒有巴著他的屁股，而是他將永遠都沒有機會再摸到妳的屁股了。

「呵呵呵呵！」她笑得很開心，「尼爾，說得好。這句話我喜歡聽。」

妳喜歡是嗎？那我多說幾次。

我站起來，朝著操場的那一邊大喊：「阿風再也摸不到小芊的屁股了！」

「你再也摸不到我的屁股了！」小芊也站了起來大喊。

「阿風再也摸不到小芊的屁股了！」

「你再也摸不到我的屁股了！」

「阿風再也摸不到小芊的屁股了！」

「你再也摸不到我的屁股了！」

一直到今天，我都還依然記得那個深夜。那吶喊的聲音還在左右兩個心房和左右兩個心室裡迴盪。

是啊，阿風，你再也摸不到小芊的屁股了。

是啊，尼爾，你再也摸不到雅容的屁股了。

雅容最後的一封信寫著：

昨天晚上，我需要你。

前天晚上也是，大前天晚上也是，大大前天晚上也是。

可是，你只剩下一個電子郵件信箱位址，幾個英文字母，幾個點，一個@。

這是一道一萬四千公里的傷口，從飛機起飛的那一瞬間就開始被撕開。

我和你，這道傷口，就算花十年的時間，也補不回來了。

就算花十年的時間，也補不回來了。

14

我算是被放棄了。不！應該說，我算是被我的一個善意和一段長達一萬四千公里的距離給放棄了。我單純地希望雅容可以更好，所以我要她去，但我不知道愛情很脆弱，才三、五個月的時間就被距離給沒收。

「假如我沒有叫雅容到德國去，現在我們會怎麼樣呢？」剛失去她的那一陣子，我幾乎每天都在想這個問題。這個「假設如果」的問題每天都煩擾著我，走路的時候也是，吃飯的時候也是，上課的時候睡覺的時候打球的時候洗澡的時候騎機車的時候都是。睜眼閉眼都是「假設如果」，睜眼閉眼都是不可能發生的答案。

這是我生命中第二次發生這樣的困擾。對，是第二次。但是你知道嗎？第一次並沒有結束，也就是說，第一次的經歷還在持續困擾著我。

我開始長記憶的時候，我的房間裡就不曾有過除了媽媽以外的人的照片。但媽媽的照片少得可憐，我甚至曾經罵過爸爸，爲什麼不喜歡跟媽媽拍照？爲什麼你們連結婚照都沒有？

從小到大我每天都看見媽媽，但從來沒有跟媽媽說過話。我曾經在夢裡夢見媽媽來找我，她帶我到很多地方去、買很多東西給我吃，但是我跟她說話，她從來都沒有回應過。因爲我從來不曾聽過她的聲音，所以她在夢裡開不了口。連夢境都沒有辦法模擬媽媽的聲音，還會有什麼辦法呢？

我看過一部叫作《A．I》的電影，電影裡有個機器人男孩，他一直覺得自己是眞正的人類，並且深深地需要媽媽的愛。他與媽媽的孩子爭寵，他只能吃電池，卻硬是塞下一大盤食物，他認爲他有胃，他可以像人類一樣咀嚼，他可以消化那些食物。但是他壞了，食物讓他的零件失去了功能。爸爸把他帶到生產他的公司去修理，修復之後他依然認爲自己是人類，於是媽媽把他帶到一個樹林裡丟棄。他躲過了機器獵人的追捕，遇上了一個販賣性與愛情的牛郎機器人。他們來到一個城市，問了無所不知先生（一台電腦）一個問題：「我如何變成人類？」無所不知先生告訴他，要找一個精靈，那個精靈有魔法，她曾經把小木偶變成人。

但是，精靈並不存在，機器人男孩只是看見她的雕像。他在雕像面前不斷地祈求，求精靈把他變成人類，那麼他就可以得到媽媽的愛。這一求，求了一萬年。地球已經被外星人統治。外星人有超越想像的科技，他們可以把已經死去的人再複製一次，但複製之後，死而復生的形體只能活一天。

我洋洋灑灑地說了一大段，重點就在最後的兩個字：「複製」。

機器人小男孩能夠得到媽媽一天的愛，是因爲外星人爲他複製了媽媽。

但我不是機器人小男孩，現實生活也不是電影，所以沒有外星人，也沒有任何科技能爲我複製媽媽。

跟我去看這部電影的是芸卉，那是二〇〇一年的夏天。我二十五歲，媽媽去世二十五年。散場時我坐在位置上痛哭，芸卉拿了面紙給我。她知道我失去了媽媽，但我想她不知道我爲什麼哭。

那幾天我看見芸卉都會覺得丟臉，因爲我從不曾在一個女孩子面前哭。我不是要假裝堅強，或是要保住男人的面子，因爲我當時在內銷課，而我正在把我的工作交接給芸卉，我每天都要見到她，她也每天都要看到我。她的單純你也知道。

「你還好嗎？想哭就哭出來嘛。」那幾天她想到就問想到就問，問到內銷課的同事全都知道我跟她單獨去看過電影，也全都知道我看《A．I》看到狂哭。同事不斷地在搓合我跟芸卉，他們都知道我當兵時被兵變之後就再也沒有交過女朋友，於是一直鼓吹我追求芸卉，甚至還發明了一段順口溜：「單純清秀又乖巧，娶她過門一定好。」

芸卉當然也知道他們在搓合我們，但對於我跟她之間，她沒有什麼特別的感覺，她不知道爲什麼同事們都要把我們湊在一起。相反地，她對我當兵時的那個女朋友比較感興趣。

「你們怎麼認識的啊？」她問。

在酒館裡認識的，那是朋友的朋友。我說。

「那你們在一起多久啊？」

我沒仔細算，大概三、四個月吧。

「三、四個月？天呀！那大概連嘴都還沒親到就分手了吧。」

呵呵，妳太單純了。

「什麼意思？」

沒什麼意思。

「該不會是我想的那樣吧？」她很驚訝似的。

妳想的是哪樣？

「就是，你……已經……」

已經什麼？

「已經把人家女孩子給那個了？」

妳想說上床是嗎？

「你可以不用說出來，呵呵呵呵……」她尷尬地笑著，「知道就好了。」

妳有這麼好奇嗎？

「我只是問問，沒別的意思。」

我跟她第二天晚上就上床了。

我說完這句話，芸卉的驚訝像是眼睛和下巴同時掉在地上那樣。在那之後她就不敢再跟我單獨去看電影。一直到我離開內銷課到了生產部之後，她才又敢跟我單獨相處。

她曾經說過，她看不出我是個會速食愛情的人，但其實說明白點，我一點都不懂得什麼是速食愛情，而是愛情速食了我。

當時她並不知道我曾經深愛過雅容一年多。但她這麼一問，又讓我想起雅容。那時雅容跟我已經分手五年，一直到現在，我早就已經不知道她身在何處。我一直在想，會不會她曾經跟我走在同一條街上，一萬四千公里的距離只剩下幾十公尺，但正因爲人潮擁擠或是背向而行所以沒能再碰面呢？

那，假如我跟她再碰面的話，我第一句話要跟她說什麼？

「妳這幾年過得好嗎？」太俗套，一點創意都沒有。

「德國有趣嗎？」這是怎樣？一副她對不起我的樣子。是我叫她去的，又不是她自願去的，我這麼問是在找碴嗎？

「妳現在在哪裡工作呢？」幹嘛？我在身家調查？

「妳還是依然那麼漂亮。」少噁了，尼爾，你從來就沒有說過她漂亮，在一起的那一年多都沒有，現在就別來這一套了吧！

我想了N百種劇本，也在腦海裡反覆地演練了N百遍。但大家都知道，包括我在內，當我眞的再跟她碰面的那一天，我什麼都說不出來。對，我確定，我眞的什麼都說不出來。但我明知我說不出來，卻依然在腦海裡不斷地練習著。

這就是我說的困擾。我會不停地假設假設，假設媽媽怎麼樣我就會怎麼樣，假設雅容怎麼樣我就會怎麼樣。我內心深處由衷地希望我的假設會變成眞的，但每天眼睛睜開看見太陽，每天走在一樣的路上，上一樣的班做一樣的事情，總是吃那幾家餐館的午飯，總是在下班前的三十分鐘決定今天要加班，日復一日之後，我總是還在原地。假設永遠是假設，對，它只能是假設，這沒什麼好說的。

我自己給了假設一個新的名字，叫作「被撐開的痛」。第一次的「被撐開的痛」持續到現在已經二十九年，我想它永遠都不會停止了。而第二次的呢？第二次也曾經給過我永遠都會持續下去的錯覺，直到我跟小芊上床的那天晚上開始，它暫停了好幾天。

「如果我說昨天晚上的我是你的女朋友，那麼，我是你的第幾個女朋友？」

「第四個。」

「第四個？嗯……」

「妳為什麼問這個？」

「因爲昨天晚上的你，像個男朋友。」

「那，我是妳男朋友嗎？」

「不，你不是。」

記得這些對話嗎？這是第六集的後半段，小芊跟我的對話。

我根本不是一個適合且願意速食愛情的人，所以愛情總是速食了我，在我很需要很需要愛的時候。

假設我不知道什麼是假設，那會怎麼樣？

15

所以曾經有一段日子，大概是我入伍當兵滿一年之後，到退伍前的那十個多月的時間，每一個星期六和星期天的早晨，我都會在不一樣的床舖上醒過來。有些床舖會被太陽曬到屁股，有些則是陰暗得像是夜晚剛剛來到一樣。枕頭的味道也不同，有些是刺鼻的香水味，有些是溫和的洗髮精的香味，當然也有些是臭的。或許這個早晨我用的是高露潔的牙刷和牙膏，下一個早晨嘴裡的泡沫就可能是黑人白綠雙星牙膏。曾經有個我壓根不知道名字的女生，她用的是齒粉，那需要把牙刷弄濕之後才能去沾粉，聽說齒粉具有強力的去漬效果，能去除牙齒上的菸垢。我才想起前一個晚上她嘴裡的味道，那是卡蒂兒的淡菸。而床鋪呢？有時是朋友家的，有時是認識不到十個小時的女人的。

從那時候開始，我習慣了在星期五（放假的當天）的晚上跟同梯和學弟泡在Pub或是辣妹泡沫紅茶店裡。第一次去的時候還有些生澀，面對主動坐到你旁邊來的女孩子會不知所措地玩著自己的手指頭，這些女孩子喜歡看來笨笨呆呆的男生，這比較好欺負。我記得那天晚上我跟同梯和學弟一坐就坐到了凌晨四點，當兵的生理時鐘讓我還在泡沫紅茶店裡的時候就已經昏昏欲睡。我只記得我上了學弟的車，回到學弟的家，醒過來的時候，旁邊睡了一個女的，我不知道那是誰，但她的衣服穿得很少，不，她看起來沒穿衣服。牆上的時鐘告訴我時間是下午一點。

學弟跟同梯都笑我笨，那女孩在泡沫紅茶店裡就一直表示她很欣賞我，他們特地爲我製造一個機會，沒想到我睡到「不省人事」，竟然沒有「辦事」。

又過了一個禮拜，我們去到另一間泡沫紅茶店。這一次我沒有睡，一直撐到太陽出來，女孩子下班。學弟一樣把她跟我帶回他家，給了我一個保險套，要我別再錯失一個機會。

學弟家是一棟三樓透天的房子，爸媽離了婚，因爲爸爸在大陸包二奶被媽媽抓到，學弟說徵信社拍回來給他媽媽看的照片多到大概可以排滿他家的樓梯。他告訴我們這件事的時候簡直是用講笑話的心情在說的，爸爸和媽媽之間的感情失和、瀕臨破碎對他來說還不如跟朋友的一場嘻嘻哈哈。

「那是他們大人的事呢！學長！」這是他跟我說的。他一點都不覺得父母離婚是一件很嚴重，而且是必須傷心的事。

他跟他帶回來的女孩子在隔壁的房間上床，雖然是水泥隔間，但因爲門的距離太近，使得我在這個房間聽得一清二楚。我跟這個女孩只是坐在床上，衣衫完整，隔壁「咿咿哦哦」的聲音在我跟這女孩的臉上畫了尷尬的線條。我回頭看了女孩一眼，鼓起勇氣往女孩的嘴唇上親下去。

這女孩叫作小雯，我不知道她的全名是什麼。一直到今天，我都只記得那天她嘴唇上那唇蜜的味道，還有學弟在隔壁大戰的聲音。

又過了一個禮拜，我告訴學弟，我要去找小雯。學弟問我爲什麼？我卻答不出來。

「你喜歡她嗎？學長。」他問。

我……這……喔！我的天！我不知道！我竟然不知道我喜不喜歡她！

「嗯？」

我不是喜歡她，我只是覺得……

「覺得什麼？」

我覺得我不能跟她有過關係之後就不理她。

「學長，你該不會是這麼乖的人吧？」

乖？我不懂。

「學長，就是『我那個你，我就一定要負責』，這叫作乖啊，學長。」

不，不是，我只是沒辦法……

「沒辦法什麼？」

我沒辦法速食愛情。

「速食愛情？學長，你剛剛說的可是速食愛情？」

是，我是說速食愛情。

學弟哈哈大笑地轉身離去，他在離去之前跟我說：「我今晚帶你去找小雯，你就會明白我為什麼大笑了。」

哈哈哈，哈哈哈，哈哈哈。這是他的笑聲。這笑聲我到現在還記得，那是一種諷刺，也是一大桶寒徹心扉的冷水。他諷刺我竟然傻傻地以為這是一種愛情。而當晚小雯的答案則是狠狠地給了我一記當頭棒喝。

「你想太多了，尼爾。我並不會因為跟你上床了，就覺得你應該愛我或是該給我什麼。」她說。

六祖壇經裡頭曾經解釋過當頭棒喝的意思，那是一種悟。而悟本身是助力，這是眞理。但在現實社會卻已經不同了。

我跟小雯上床對她來說，是她的「暫時需要」，她需要那種暫時的感情，她覺得與其去深愛某個人而不一定能長相廝守永結同心，不如把愛保留給自己。那天晚上的我是她「暫時需要」的對象。而在她離開那張床之後，這一層關係就消失了。我跟她甚至談不上任何一絲的愛情。

所以原來只有我還笨笨地以為性是一種愛情的昇華，即使我所想的是對的。我認為沒有愛的性是一種狗的行為，在路邊就可以解決。我認為必須擁有某種程度的愛與好感才能發生性的關係，否則事後想起來會覺得噁心，然後便是很深很深的空虛。儘管我認為小雯的想法偏差、觀念錯誤，但我依然無法改變她的想法，因為她說：「我在我的世界裡，而你不是。」

而學弟呢？

學弟在小雯所謂的世界裡得到了他想得到的快樂，他穿梭在每一個不同的女孩之間，他今晚是這個女孩的「暫時需要」，明晚是那個女孩的「暫時需要」，他有時是別人的需要，而有時則需要別人。他的生命因爲認同了這樣的快樂而空洞，他再也找不到其他的快樂，愛對他來說，就算能秤斤論兩地賣也是最不值錢的東西。

我就這樣跟學弟混了十個多月，他的理論曾經說服過我，找這樣的快樂很簡單，而且不求付出，也就不需要等待回報。這十個多月的時間我不斷地在逼自己「愛」上睡在身邊的女孩，然後跟她們發生關係。等到天一亮，夢一醒，床上的溫度漸冷，我就忘了我「愛」過這個女孩。

直到有一天，某個我「愛」過的女孩在離開之前問我（我的天！我竟然不知道她是誰，更忘了她的樣子）：「假如我說我想當你的女朋友，你會答應嗎？」

突然間，我想起了雅容，想起了魔女系的系主任（對了，她叫作嘉恩，我終於想起來了），再低頭看看我自己，這個十個多月來隨著假情假愛的波濤洶湧而起伏不定的身體，我說：「不會，因爲妳不懂愛。」

我結束了這十個多月的荒唐，那像是一場夢一樣，我不能定義它是惡夢還是美夢，畢竟這十個多月我有所得也有所失。

退伍那天，學弟跑來恭喜我，他羨慕地說他還得繼續窩在部隊這個鬼地方一年，他很高興我終於可以離開。

其實，你應該要恭喜我離開了那十個多月的混亂啊，學弟。那十個多月的我像是遺失了靈魂一樣，只剩下軀殼在遊走移動著。我多麼希望有一天你也能找回你的靈魂，因爲「那世界」裡的快樂，已經不是快樂了。

「你退伍之後要做什麼呢，學長？」學弟問。

我會去找個工作，好好地替未來打算打算。

「未來是可以打算的嗎，學長？」

未來不能打算，但現在不努力，未來就會很慘。

「學長，記得要跟我保持連絡喔。我退伍之後會去找你的。」

學弟，我會跟你保持連絡的。在你退伍要來找我之前，先找回你的靈魂，好嗎？

「我了解你的意思，學長。我了解你的意思。」

沒了靈魂的愛，沒有意義存在。

16

我在爸爸五十八歲那一年強迫他退休，他的身體已經不堪負荷。而那一年我二十七歲，也就是兩年前。在我要升國小五年級的時候，他曾經中斷過教職兩年，這之前有提到過，兩年後他又回到學校教書，這一教又教了十四年，都已經當上學校的教務主任了。

退休之後的他就像其他的老人家一樣，一閒下來就不知道該怎麼辦。家裡後陽台的花花草草在三天之內被他活活澆死了一半，地板每天都跟剛擦過的沒什麼兩樣，他的床舖整齊到我曾經懷疑他不在家裡睡覺，因爲那看起來像沒人睡過。他每天早上替自己煮一鍋飯，然後每一餐都到家附近的自助餐店去包菜回來，一鍋飯吃一天剛好吃完。

包菜是他一天當中最重要，也最快樂的工作。爲什麼？因爲他去包菜的時候可以找鄰居街坊聊天，那是他一天當中最不無聊的時候。

金城武有個手機廣告，說那支手機可以防無聊。他像個孩子一樣地跑去通訊行跟行員說他要買那支防無聊的手機。結果行員光是教他使用就花了兩個半小時，而且還教不會。

「那果然是一支防無聊的手機，」爸爸笑著說：「光要學怎麼使用它就得花兩個半小時，眞的很防無聊。」

後來爸爸還是沒有買那支手機，因爲買了也不會用。氣炸了那個行員。

我曾經建議他到公園裡跟那些爺爺伯伯們下棋聊天，他非常不願意。他說那些個老人家至少都比他大十五歲，而且每個人講話都有很重的外省腔，他怎麼努力用力使力費力地聽都聽不懂。他說有一次在包菜的時候遇見山東來的李伯伯，想當然爾，大家夥都叫他老李。他跟李伯伯在自助餐館裡聊了三十分鐘，他只聽得懂兩句，一句是「哈哈哈」，一句是「你說好不好笑」，這兩句還是連在一起的咧。他只能嗯嗯嗯地陪著笑，老李笑得大聲，他就跟著大聲，或是補一句「這眞是有趣」。

「其實一點都不有趣。」爸爸說：「再怎麼有趣，聽不懂還是不有趣。」

後來爸爸又開始每天往學校裡面跑，回去跟他的老同事們聊天說話。有一天，那些老同事帶他去打高爾夫球，他竟然就這樣迷上了高爾夫。我曾經和爸爸一起到高爾夫球練習場去揮桿，你可別看他將近六十歲的身體，他一桿還是可以揮過一百五十碼。練習場的教練說我爸爸已經算是奇葩了，六十歲左右的人剛練高爾夫就可以打到一百五十碼，已經是一件不錯的事。「李登輝一天到晚在打高爾夫，他長桿也不過兩百而已。」

教練說。

那天爸爸很突然地問我，爲什麼這幾年一直不見我交女朋友。面對這天外飛來一枝爸爸的筆，我突然間也不知道怎麼回答，這筆就這樣穿過腦門。

「你該不會只交過雅容這麼一個女朋友吧？」爸爸問。

不是的，爸爸，我交過三個女朋友。爸爸只見過雅容。

「那些女朋友呢？」

不知道耶，呵呵，說不定她們都已經住在別人家裡。我試圖輕鬆地回答這問題。

「嫁人啦？那三個都嫁人啦？怎麼跟你交往過的女孩子都嫁給別人吶？」

爸爸，你說這什麼話？那並不是我的問題好嗎？

「不然還是女孩子家的問題啊？」

不是的，爸爸，那跟誰的問題沒有關係。

「那不然是誰的問題啊？」爸爸問，他的眼神充滿著不了解。

那不然是誰的問題？啊！我的天，我也不知道啊。不是我的問題，也不是女孩子家的問題，那到底問題在哪裡呢？

「尼爾啊，你都已經二十七歲了，替自己想一想吧。爸爸再活沒幾年了，但我還想看看你這小兔崽子生的孩子長得像不像人。」

爸爸，你在演連續劇嗎？這台詞跟連續劇的一模一樣喔。

「連續劇還不就是照著人生腳步在演的嗎？沒有人的想望，戲怎麼演得出啊？」

可是，爸爸，戀愛可不是照著人生腳步在走的啊，可不是你的年紀到了，就會蹦出一個女孩子來對你揮揮手說：「嗨！尼爾，我是來嫁給你的。」這就不是人生啦。

「可是，你也不能都沒動靜啊。」

爸爸，沒有好的對象或是適合的對象出現，我怎麼有動靜啊？

「雅容呢？她在哪啊？爸爸覺得她不錯啊。」

爸爸，我也知道她不錯啊，但她已經是七年前的人了。

「你怎麼不找她？」

爸爸，拜託，我又不是GPRS，說找就可以找得到的喔。

「什麼GS？」

不是GS，是GPRS。哎呀，那不重要啦。

我趕緊把話題轉到其他地方，不讓爸爸繼續在女朋友這件事情上跟我僵持。不過，兩年的時間過去了，我已經二十九歲，而這兩年裡爸爸再也沒有跟我提到女朋友的事情。

這幾年，我陪爸爸一起去打過幾次高爾夫球，有時候他以前的同事會一起去，而且帶著他們的太太。其實某些看起來溫馨美麗的畫面對爸爸來說是很殘忍的，像是替自己的先生買飲料啦、擦汗啦、談天說笑等等，這些個小動作對旁人來說是沒什麼，但對爸爸來說是一種永恆的失去。所以我總會刻意站在爸爸面前，不讓他看見這些畫面。

但爸爸不是笨蛋，他知道我在刻意地「替他」逃避。

「假如你媽媽知道這些事，她會很高興生了你這個懂事的孩子。」爸爸說，他臉上漾著滿意的笑容。

可是，媽媽不會知道這些事，所以這個假如是多餘的。

「尼爾，我知道你不喜歡『假如』。你覺得那是假的，因爲那不可能發生，所以不需要浪費時間去想所謂的『假如』，但是，『假如』有時候是必須的，那像是一種免費而且有效的藥，它用來治療某種程度的絕望。」

爸爸，你說的我懂，但我不認爲它能治療什麼絕望。

「兒子，你不認爲它能治療什麼絕望，那是因爲你從來不曾懷著希望。」這句話爸爸只是輕描淡寫地說，卻在我心裡狠狠地撞了一下。

「你不知道你媽媽走的那一天，我有多麼希望你不要出生，因爲如果你不出生，那麼你的媽媽就不會死。但是，她告訴我，她用生命換來另一個人和我繼續過下半輩子，而這個人是我的兒子，我必須好好愛他。

「這二十九年來，我每天入睡前都希望明天醒來的時候，會看見你的媽媽睡在我旁邊，但從來不曾如願。

「這當然不會如願，而且這永遠都不會如願。所以我才需要『假如』。我常在一個人吃麵的時候問自己，假如你媽媽在的話，那這碗麵她一定會喜歡吃；我常在一個人看著照片的時候問自己，假如你媽媽在的話，她一定會說這張照片她的姿勢很難看；我常在一個人去包菜的時候問自己，假如你媽媽在的話，那麼她一定會要我包個土豆麵筋回家去，因爲她喜歡吃。就拿現在來說，假如你媽媽在的話，她會跑去買礦泉水給我喝，她知道我很容易口渴。但這些假如就像是你所說的，它不會成眞，所以不需要花時間去想它。但因爲我每天都希望著你媽媽還在我身邊，所以我需要它。」

我的眼淚很快地溢出眼眶，我試著跟爸爸說對不起，但我的哽咽使得喉嚨不聽話。

這讓我想起十一、二年前，那時我高中。我曾經企圖說服爸爸再娶一個妻子，我不想看見他老的時候沒有人陪他一起坐搖椅數星星。

但是，爸爸帶我走進他的書房，指著書櫃最上方那張放大的照片，他說：「那是我太太，那是你媽媽。」

是的，那是我媽媽。

17

其實我可以了解爸爸的堅貞，因爲媽媽對他來說像是藏在心臟最最最裡面的那一部分，就算是人死了心臟停了，甚至被挖出來了，都沒有人能看得見那一個部分有多麼地細膩而且完整。我曾經問過爸爸，爲什麼會想追求媽媽？是媽媽的哪一個部分吸引他？

「其實，是你媽拿刀架著我的脖子要我寫信去追她的，」爸爸開玩笑地說：「所以吸引我的是那把刀，而不是你媽。」說完，他自己都忍不住笑了。

但其實我在爸爸的書房裡看過他爲媽媽寫的詩。他習慣在一張張的書法紙上用毛筆勾寫著他們的愛情，和媽媽去世之後他難耐的心慟與永恆的思念。而且那數量之多，大概可以出個三五本詩集。爸爸把那些詩捲成好幾捲，放在櫃子中間，某些寫上了日期，而某些沒有。爸爸說沒有寫日期的部分因爲是哭著完成的，傷心之餘，沒去注意日期押寫了與否。

爸爸以前就讀師專時念的是中文，而媽媽念的是數學，這是我家跟別人家比較不一樣的地方。那時代通常應該會是男孩子念理工，女孩子念文商，可是爸爸說媽媽是走在時代尖端的女性，她想做什麼是沒有人能攔得住的。她堅持要念數學就是念數學，就算是因爲念書念得太勤被外公吊起來打都要念數學。那時候的觀念是，女孩子長大了就要嫁出去，念太多書是沒有用的（當然現在還是有這樣的家庭）。爸爸說媽媽曾經爲了不讓外公知道她在偷偷地念書，還在半夜裡躲在床底下點蠟燭看書，結果媽媽考上了師專。

聽爸爸說起他們以前念書的坎坷史，說眞的，其實很難體會。當年爸爸爲了聯考，每天早上四點起床，騎著腳踏車到圖書館門口排隊，我問爸爸爲什麼不在家裡念書就好？他說去圖書館念書不需要花錢，因爲用的是圖書館的電。家裡沒什麼錢，開燈需要用電，念太久的話爺爺會給他白眼看，而且還會碎碎唸地說：「啊一本書是要看多久？

看不懂就不要看了！」

但爸爸考上師專之後，爺爺卻還在村口放鞭炮，說他每天鼓勵他的兒子要用功念書，今天能考上師專完全都是他的功勞（其實爺爺到去世之前還是很臭屁）。那一串鞭炮聽說花費十塊錢，是奶奶可以買給一家人吃一天的菜錢還有找的數目。

我不知道那時候十塊錢是多大，但爸爸說那時候一碗陽春麵的價錢是五角。爸爸有三個哥哥一個妹妹一個弟弟，一家八口一天吃十塊錢台幣還有找，在一九六七年的時候。

說眞的，我很想看看菜色如何。

爸爸說菜色沒什麼好形容的，形容菜色只會讓自己沒有食欲。不過他用一首詩形容了當時他們一家人是怎麼吃飯的。

「一張桌上三道菜，八雙筷子一起來，如果動作不夠快，只剩豬油拌白飯。」

說到爸爸寫的詩，就不能不提到他爲媽媽寫的〈十年的妳〉。我在幾年前讀這首詩讀到彷彿就像個第三人，站在爸爸和媽媽身旁，聽他們約在某一個地方，而十年後再見一樣。

他並不是寫活了媽媽，而是寫活了愛。

我被遺忘，被妳遺忘，遺忘在一條名叫傷慟的路上。
那遠到看不見邊際的盡頭，妳可在那個地方？
我問過神，問過鬼，問過佛祖，問過菩薩，
妳到底在哪一場夢裡面，而那場夢何時與我共枕同床？

我成天成夜，聽著時間的呼吸，用哭白了的髮，寫寂寞的詩。
我把傷眸當硯，我把血淚當墨，我的靈魂是我的紙，我的身體便是信封。
我該寄往何處予妳？而妳又該何回我？

是不是妳也在那條叫作傷慟的路上，如果是，我是否也該把妳遺忘？
但怎麼遺忘也長，傷慟也長，告訴我哪兒是短，我便哪兒往。

溫暖的清晨同樣，溫暖的西暮同樣，搖椅上的我同樣，而我冷冷地望。
別要我頂著熱情欣賞，我已失去熱情的光。

妳說我詩裡總有看不完的愁悵，像濃黯的霧那般地茫，
我裹著兩人份的被單，作著一個人的夢，
詩難不愁悵，人難不捨殤。

我低聲地問，那在遠方的妳啊。
如果我寫一首詩給十年後的妳，妳將在哪兒讀它？

這首詩裡，沒有任何一個「愛」字，卻寫出了滿滿的愛。
彷彿「愛」像個小孩，嘟著嘴巴，眼裡噙著眼淚在你的腳邊打轉。

這首詩，沒有押寫日期。

第二個女朋友

其實，我很恨她。
我的恨很明顯，但我從不曾講。
跟她分手之後，我一度對愛情絕望。
但當我想起爸爸和媽媽之間，
我便開始掙扎：
「愛情真的會如爸媽那樣嗎？」

但後來，我感激她。
這一份感激很尷尬，因為我依然恨她。
但我的恨已經不明顯，
因為感激多過了恨。

我明白了我對她的恨其實是對自己的恨，
因為一個對愛根本不懂珍惜的人，
對他有再深的恨，其實都是自己的傻。

所以，以芳，我再也不恨妳了。
因為妳不懂珍惜，所以讓我懂了原諒。

18

對，是的，她是我第三個女朋友，叫作彭以芳。

之前有提到，她是我在酒館裡認識的。那是朋友的朋友，而我們在第一個清晨就一起牽著手去吃早餐，第二個晚上就一起上床。

我不知道是不是因爲幾杯淡酒下肚，言談之中多了一些敢說、行爲之間多了一些敢做的情況之下才愛上她的。但我可以向你保證，她是個很容易讓人在短時間之內愛上的女人。

當你在自以爲念過一些書、了解一些東西、明白一些道理、可以在同儕之間高談闊論而沒有多少人能反駁你的時候遇見這樣的女子，那麼你只有死路一條，如果她還帶著幾分姿色的話。

我不能否認她的聰明，因爲她確實是這樣。她的反應、她的對答、她的動作，甚至連點菸的姿態都能讓你將她天使化。她確實有那種罕見的魅力，也確實讓你坐在她的面前，注視著她的眼睛時，會不小心把幾十隻小鹿關到自己心裡面去放肆地亂撞。

請注意，是幾十隻，不是一隻。

這亂撞的結果是兩敗俱傷，小鹿們屍橫遍野。因爲當天晚上我喝得有些微醺，但意識是清醒的，在酒精壯膽的結果之下，我坐近了她的身旁，跟她聊了一聊車子，聊了一聊房子，也聊了一聊瘦子怎麼變成胖子，胖子怎麼變回瘦子。

這些題目有營養嗎？我想不盡然，除了車子房子之外，其他的東西不但連營養都沒有，還可能有細菌。

後來酒館裡播了一首〈Something to remember〉，那是一首九〇年的情歌，她在嘴裡輕輕和著，然後轉頭邀我：「Dance with me.」和我跳舞。

整間酒館只有我跟她站在吧台前的一塊不大不小的木地板上跳舞，我也不知道爲什麼我會答應跟她一起跳，我後來告訴自己，那是因爲酒精的關係，沒有酒精在我體內作怪的話，我永遠都不會這樣作怪。

「I was not your woman, I was not your friend, but you gave me something to remember……We weren't meant to be, at least not in this lifetime, but you gave me something to remember. I hear you still say, love yourself.」

她有一句沒一句地唱著，前面那些點點點的地方就是她含滷蛋亂哼的時候，她是不是有點醉了我也不知道。不過還好這首歌我曾經聽過多次，稍微了解她在唱些什麼。

「你知道這是什麼歌嗎?」她晃著身體歪著頭，用微瞇的眼睛看著我。

我知道，這是瑪丹娜的歌。

「喔?你很不錯，知道這是什麼歌。」

知道這首歌就不錯?那我不錯的地方可多了。

「那你知道這首歌的意思嗎?」

大致上了解。

「喔?你很不錯，知道那是什麼意思。」

知道意思就叫不錯?那我不錯的地方更多了。

「呵呵呵，」她咬著下唇輕聲地笑著，「那，你把我剛剛唱的那一段翻譯給我聽，我就答應你一個要求。」

答應我一個要求?

「嗯，答應你一個要求。不過……」她的眼神轉變，「不可以是那種會欺負我的要求。」她狡黠地說。

欺負妳的要求?例如什麼?

「其實，你應該要問哪些要求是不欺負我的，這樣才是個體貼的男人。」她輕輕靠近我的耳朵，在耳畔吐氣說著。

這是她聰明的地方。

她不會回答哪一些是所謂欺負她的要求，因爲那會將了她自己一軍。不懂嗎？我再說得清楚一點。如果她回答「像是今晚不准我回家」的話，那表示她其實是希望我有那個魅力可以讓她不想回家的，但她如果明白地直說了，那整個氣氛就不見了。

OK！我問她，那哪些要求是不欺負妳的？

「像是要我請你再喝杯酒，或是要我再跟你跳一支舞。」

原來這是不欺負妳的要求啊。

「嗯，這樣，你明白了嗎？」

明白，我當然明白。我清了清喉嚨。那我要開始翻譯了。我說。

「I was not your woman, I was not your friend」意思是「我不是你的女人，我不是你的朋友」。

「But you gave me something to remember」意思是「但你讓我記住了一些事」。

「We weren't meant to be」意思是「我們註定了不能相愛」。

「At least not in this lifetime」意思是「至少這一生不能」。

「But you gave me something to remember」意思是「但你讓我記住了一些事情」。

「I hear you still say, love yourself」意思是「在耳邊，我仍然可以聽見你說，愛自己」。

我翻譯完了。我說。

「你好像少翻譯了兩句。」

這妳不能怪我，因爲妳剛剛就少唱了這兩句。

「我剛剛有唱啊。」

沒有。

「有。我有唱。」

不，妳沒有。不信妳翻到前三頁看看妳有沒有唱。

「我眞的有唱啊。」

妳有唱的話，那麼前三頁就不會有那幾個點點點了。

「你在說什麼？什麼前三頁？什麼點點點？」

沒沒沒，沒什麼。如果妳硬是要我翻譯那兩句給妳聽，那我現在跟妳說，妳沒唱的那兩句的意思是「沒有人說過好好地愛自己，也沒有人能夠」。

「你好像對瑪丹娜的歌很了解。」

還好，我只是聽過，然後用我很破的翻譯能力翻給妳聽而已。

「這首歌很久了。」

嗯，一九九〇年的歌了。瑪丹娜當年接受採訪的時候還曾經說過：「並不是我現在才發現愛情，我所有的專輯裡都有浪漫的情歌，只是以往人們太注意我作品中的情色部分，現在我出了這張專輯，大家才說，喔！瑪丹娜變了！她完全不同了！但是我要說的是，情歌才一直是我專輯中的重點。」

以芳癡呆了幾秒，用不可思議的表情看著我，那表情彷彿在說，我真的讓她大吃一驚，然後她笑了，笑容裡有一種奇妙的感覺。幾秒之後她回過神，她說：「你的要求是什麼？」

我的要求？

「嗯，你翻譯出來了，我答應給你的一個要求。」

喔，那個啊！那可以讓妳欠著嗎？我想保留到下一次見面的時候再用。

她的眼睛亮了一下，又是咧嘴一笑。「你很聰明。」她說。

彼此彼此。我說。

那天，我們走出酒館之後，朋友們刻意找理由離開，讓我們單獨相處。那是夏天，太陽老早爬得很高。

「你餓嗎？」她問。

我、非、常、餓。

「你幹嘛這樣說話？」

餓了的人講話應該慢慢的，而我是用頓號來加強表達我的餓。

「你都是這麼有趣的嗎？」

不是，是妳引出了我有趣的這一面的。

是啊，真是這樣的。確實是以芳引出了我有趣的這一面。在遇見她之前，我從來不曾發現我竟是有這一面的人。

我們叫了計程車，我帶她到一間我喜歡的早餐店，介紹火腿蛋餅給她認識。在計程車上，她又輕聲地哼起那首〈Something to remember〉。

「I was not your woman, I was not your friend, but you gave me something to remember.……We weren't meant to be, at least not in this lifetime……」

這次她依然把那兩句歌詞含糊地帶過。但是我突然發現，並且同時懷疑她是不是刻意把那兩句歌詞給唱糊的？

我仔細回頭想了想那些歌詞，並且慢慢地推敲。如果把唱糊了的那兩句歌詞給省略的話，那麼前幾句歌詞的意思便是：

「我不是你的女人，也不是你的朋友，但你讓我記住了一些事情，我們註定不能相愛，至少這一生不能。」

但確實，我跟她這一生是確定不能相愛了，因為……

19

相較於前兩個女朋友，也就是田雅容和魔女系的系主任柳嘉恩，彭以芳可以算是我付出最多，也最努力去愛的了。

或許你會覺得奇怪，並且想這麼問我：「照你這麼說，那田雅容跟柳嘉恩都是你不怎麼付出，也不怎麼努力去愛的囉？尼爾。」

不，不是這樣子的。我會覺得彭以芳是我最努力去愛，也愛得最多的女孩，是因爲當時我和她相愛的環境。

你們不知道相愛的環境會影響兩個人的愛情嗎？

我跟田雅容還有柳嘉恩在一起的時候，是個快樂的大學生。大學生的本分只有兩個，就是把書念好，還有盡情地玩。當然如果家境不富裕的話，就要盡情地打工。

所以那時候的我是自由的，我想見田雅容就可以見到，我想見柳嘉恩就可以見到，甚至隨時隨地都可以牽著她們的手去散步，或是買張電影票，在戲院裡耗一整個下午。如果嫌不夠愜意，還可以相約夜裡躺在操場中央望著星空看大熊星座夠不夠明顯，外加親吻擁抱蜜語甜言。

但是我跟彭以芳在一起的時候，我正好在當兵，每天面對的都是一群狗官狗人，看見這些狗會嚴重影響心情。當思念排山倒海而來，還得躲在暗處偷偷打行動電話，講到一半還會因爲訊號太弱斷訊。每天早上五點半起床，她還在溫暖的被窩裡；當我有空可以偷打電話的時候已經是上午十點多，她那時正好在百貨公司上班不能接電話。

她下班的時候我正好在點名吃晚飯，她到家的時候我正忙著搶浴室洗澡，她在看電視的時候我忙著我的業務，她要睡覺的時候我還在加班。

當我真的有空打電話給她的時候，她用帶著濃濃睡意的聲音跟我說：「我很想你，但我好睏，我要睡了。」

我跟她在一起三、四個月的時間，除了放假之外，幾乎每天都這樣。或許你會說，那放假的時候可以一起出去玩啊。很巧，我也這麼想，但現實總會跟我說：「尼爾，你想得太美了。」

對於一個正被兵役綁死，生命與生活完全沒有自由的男人來說，擁有一個女朋友三、四個月，其實嚴格說起來只能算一個月。爲什麼？我算給你聽。假設一個星期放兩天假，一個月也才放八天假，四個月下來也不過三十二天。要是再扣掉她有自己的事情要處理，或是和朋友要出去，那根本就不到一個月。

而且，她工作的地點是百貨公司，百貨公司星期六、日是很難排到假的。要是再碰上什麼週年慶，那大概要有兩、三個禮拜是沒辦法休假的。

還有最重要，也最雪上加霜的一點，就是她的百貨公司在台北，而我的部隊在高雄。所以，我每次一放假，就要立刻直奔機場，搭機到台北，然後再搭捷運到百貨公司裡找她。就算用最快的速度趕到，通常到台北也大概已經接近晚上九點了。

講了這麼多，其實簡單的一句話就是，「我放假的時候陪她上班，她下班的時候陪我放假」。

「那是一場很辛苦的戀愛呀！尼爾。」

幾年後，當我跟芸卉聊起彭以芳的時候，芸卉這麼跟我說過。她很直接自然地用了「辛苦」兩個字來形容我跟彭以芳的愛情，我聽了有些吃驚，不是很認同這個詞彙，我想反駁她一些什麼，但又想不到更適合的詞句。

我在想，如果是彭以芳聽見芸卉這麼說，她會跟我一樣吃驚嗎？會跟我一樣無法認同辛苦兩個字嗎？還是，她會點頭如搗蒜地說「是啊，眞的很辛苦」呢？

我不知道，也無從去猜測和考證了。

不過，後來的後來，我開始認同芸卉的形容了。因爲，越是辛苦的相愛環境，會讓自己越愛那個人。因爲，一切都是那麼地得來不易。

我曾經爲了彭以芳的一句「某雜誌裡的某個繡有蝴蝶的包包很美」，在等她下班的時間，找遍了全台北市的精品店，一個九千八，我眼睛眨都不眨一下地付現金帶走；我曾經爲了彭以芳在上班的時候一句「我想念淡水的阿給」，先到家用品樓層買一個保溫瓶，然後搭捷運到淡水買阿給，放在保溫瓶裡面以防它冷掉了，然後再搭捷運回來拿給她吃；彭以芳半夜睡不著吵著要看日出，而且要立刻就看到日出，我還得哄她開心，拿著一顆燈泡到陽台外面扮太陽，扮得不像被她看到我的影子還會胡鬧；點了一碗牛肉麵剛送來時說她想吃披薩，我就得立刻帶她到必勝客；走在敦化南路的斑馬線上，她說她想從遠東企業大樓那一頭斜著橫跨安全島到另一頭的AUDI經銷商，我就得陪她玩命。連接台北市與永和之間的福和橋，她說她想用走的不想騎車，我就得牽著機車陪她走；木柵動物園裡的獅子長得太醜，她要我拿石頭丟牠，害我冒著被抓的危險丟了快跑；跟她打賭輸了要我站在SOGO百貨門口大喊三聲我是笨蛋，我也紅著臉照做。

你說我太寵她嗎？你說她根本就是把我當作玩具或是小丑在玩耍嗎？我知道我知道，我了解你爲什麼這麼想。曾經，我也在一個人搭飛機回高雄準備收假的路上想過這個問題，但她曾經跟我說過這麼一句話：「只有你在我身邊的時候，我的任性才能得到依靠。」

頓時，我不知道該跟她計較什麼。如果這樣能讓她快樂，我沒有什麼損失，反而是獲得。

或許你會說，她一直都在接受我的付出，她難道都不需要付出嗎？

她會替我準備早餐，她會替我戴上安全帽，她會替我訂好來回機票，看電影的時候她會替我買好我要吃的薯片和可樂。有一次，我趕著要搭回高雄的飛機，她站在驗票口哭，不論我怎麼哄怎麼說，她就是止不住淚水。等到我降落高雄，打開手機的時候，我才從她傳來的訊息裡知道她爲什麼流淚。

飛機一離地，你就離我一個天空的距離了。

我跟她一樣在機場裡流下了相同份量的眼淚，差別只在機場的不同而已。我很難不愛她，不！我應該這麼說，我很難不深深地愛她。我說過她是個很聰明的女人，她擁有女人該擁有的魅力，也擁有女人該擁有的馨柔。或許比起田雅容，她沒有雅容的細膩貼心；或許比起郭小芊，她也沒有小芊的堅強伶俐；就算拿她比起柳嘉恩，她也沒有嘉恩對愛情那麼地拿手在行。

當她在我生命中所出現的女子當中，並不是最優秀也不是最特別的時候，爲什麼我最是深愛她？

因爲，是我讓她在我心裡，那麼特別。

20

飛機一離地，你就離我一個天空的距離了。

但三、四個月的時間對一段愛情來說，是嫌短了一點。尤其是對一個軍人。我才數過了百來顆饅頭，七百多天的軍旅生涯也才過了七分之一，我就失去她了。

其實說眞的，即使到今天，我還是不明白她爲什麼要跟我分手。對，分手是她提的，用電話講的，而且是軍線，是他媽的軍線。我之所以補上他媽的，是因爲軍線是隨時隨地被監聽的，除非是管制線路。指揮部總機連接到連上的線路則是普通線路，而且有三分鐘的通話限制時間，三分鐘一到，總機會介入你的線路，提醒你「長官，三分鐘到了，請在三十秒之內掛電話」，如果你不掛，他會在提醒幾次之後強制切斷你的通話。很不巧，總機屬於連上業務之一，所以總機的管理者，就是我連上的人，也是我的同梯。也就是說，他聽得到電話裡所有的對話，而且還不會斷訊。

彭以芳說她先打了我連上的電話，但忙線中。所以她改撥指揮部總機，再從總機轉軍線到我連上，連上的軍線放在安全士官桌，想當然爾，接電話的就是安全士官。安全士官依規定詢問來電者身分，「我是尼爾的朋友。」她說，而且那語氣和態度像是跟我不太熟，只是剛認識，或是見過面的鄰居，只有在垃圾車來的時候才會提著垃圾見面三十秒鐘。

爲什麼我知道她的語氣像是垃圾鄰居？喔，說錯了！是一起丟垃圾的鄰居。

因爲那個安全士官就是我。

我也不知道這是怎麼一回事，上個禮拜我才跟她擠出一些時間看過電影吃過消夜，我甚至還刻意花錢帶她去住高級的汽車旅館，因爲冬天到了，我還買了一件毛衣送給她。結果才一會兒時間，那個幾天前才跟我上過床，以「尼爾的女朋友」的身分要我陪她過夜的女人，現在變成了「尼爾的朋友」。

我以爲她在開玩笑，眞的，我還眞的以爲她在開玩笑。所以我要帥地說：「妳要找尼爾嗎？他跟我們安全士官交代過，除非是他的女人，否則他不會接任何女孩子的電話喔。」

「是嗎？只可惜這是我最後一通電話了。」她冷冷地說。

最後一通電話？什麼意思？

「就是最後一通電話的意思，字面上的意思。」

爲什麼是最後一通電話？妳怎麼了？

「我很難具體地跟你說我怎麼了，尼爾。但……這眞的是最後一通電話了。」

爲什麼突然間這樣？我做了什麼事是妳不高興的嗎？

「不，沒有，尼爾，你沒有做錯什麼……」

沒有做錯什麼，又爲什麼這是最後一通電話呢？

「……」

……妳、妳說話呀。

「我……我說了，我很難具體地跟你說爲什麼……」

那、那……我開始結巴。那既然沒有具體的爲什麼，又爲什麼要分手呢？

我並沒有快速而且完整地說出前面那句話，我開始有些失去清楚的意識。

「尼爾，你聽我說……」

我是在聽，不然妳以爲我在幹嘛？

「你現在是冷靜的嗎？」

妳要聽實話還是謊話？

「喔！我的天！尼爾，別讓我覺得我決定分手全是我的錯，好嗎？」

我……我沒那樣的想法啊。我還在想爲什麼啊！對！對！對！我還在想爲什麼。

「尼爾，我希望你冷靜地聽我說完我要說的話，好嗎？」

我正在嘗試……妳感覺到了嗎？

我開始呼吸不順暢。我努力地深呼吸，深呼吸，這使我有點吃力，我覺得空氣稀薄得像在玉山頂上。

過了幾秒，我聽見她長長地吐了一口氣，「分手這件事，常常不是因爲某一方做錯了什麼才分手的，就是覺得該結束了，時間到了，不太想繼續了，再也沒有熱情了。」

她說完，話筒那一端只剩下她的鼻息。

像是突然有顆核彈在我腦子裡悶著爆炸一樣，我瞬間耳鳴心悸顫抖發呆停止呼吸什麼的都來了，我的腦袋不是一片空白，而是連空白都沒有。那一瞬間是沒有痛覺沒有味覺沒有聽覺甚至好像也沒有視覺一樣地沒有任何感覺。我說不出任何一句話，我的眼皮在快速地眨著。

「……尼爾，我知道你聽了很難過，但我還是必須直接跟你說，我想分手了。」

這段話的前面之所以有那麼多點點點，是因爲我沒聽到她在說什麼，我的聽覺尚未恢復。

「其實這幾個月的時間，我過得很空洞。我覺得我在一個沒有男朋友的愛情裡愛著一個男朋友。他偶爾來，急著走，擁抱很少，等待很多……」

對不起，又是一排點點點，那是因爲我的聽覺再一次失去功能。當時我的腦袋像是沒有升級的286電腦，用很破很舊的CPU在處理著很複雜的情緒。眼前像是有台壞了的字幕機，它不斷地重複著：「我覺得我在一個沒有男朋友的愛情裡愛著一個男朋友。他偶爾來，急著走，擁抱很少，等待很多……我覺得我在一個沒有男朋友的愛情裡愛著一個男朋友。他偶爾來，急著走，擁抱很少，等待很多。」

Much more，much more，much more……

然後又回到更之前的對話，然後繼續重複著：「分手這件事，常常不是因爲某一方做錯了什麼才分手的。就是覺得該結束了，時間到了，不太想繼續了，再也沒有熱情了……分手這件事，常常不是因爲某一方做錯了什麼才分手的。就是覺得該結束了，時間到了，不太想繼續了，再也沒有熱情了。」

然後繼續、繼續，much more、much more、much more。

「我想分手了，尼爾。我想分手了，尼爾。我想分手了，尼爾……」

還是繼續、繼續，much more、much more、much more。

我的天！

是誰發明了這麼傷人的語言？是誰創造了這麼銳利的文字？是神吧！否則怎麼有那樣的威力，讓我感覺到我的某一部分正在死去。

「不管怎麼樣，我還是要謝謝你，尼爾。」她說。

……謝什麼？我終於能夠說話。

「謝謝你這幾個月的陪伴。」

我偶爾來，急著走，又怎麼會有多少陪伴？

「別這麼說，尼爾，好聚好散。」

這……

「嗯？你想說什麼？」

對我來說……

我話還沒說完，總機介入通話：「長官，三分鐘到，請在三十秒之內掛掉電話。」

「那是什麼？」她嚇了一跳地問。

總機。我說。

「爲什麼會這樣？」

這裡是部隊，這是軍線，那是總機。軍線是不能佔線太久的。

「那……我該掛電話嗎？」

妳不急著掛嗎？

「別這樣，尼爾。雖然我提了分手，但我還是想聽你把話說完。」

我不知道……該說些什麼。

我們沉默了一會兒，總機又介入通話：「長官，時間超過，請盡速結束通話。」

「那，尼爾……」

嗯？

「我……我掛電話了。」

嗯……好。

「你還好嗎？」

我、怎、麼、會、好？

「你……」

妳想問我，幹嘛這樣說話是嗎？

她沒有說話，只是開始輕輕地哭泣。

我是用頓號來加強表達我的不好啊。我說。

這時，總機再一次介入通話：「長官，抱歉，這是軍線，請勿佔線太久，這是最後一次提醒。」

「尼爾，我掛了電話之後，可以重新打給你嗎？軍線還會幫我轉嗎？」

這不是妳的最後一通電話嗎？爲什麼還要重打呢？

「尼爾，別這樣，我也很難過……」

……妳當然可以重打，但我們永遠只有三分鐘了。

她的哭泣聲漸漸明顯，我的眼淚也掉在軍服上。我似乎永遠都躲不掉被女人說再見的命運。田雅容是，柳嘉恩是，彭以芳也是。是不是我眞的那麼沒有接近感？是不是我就是讓女人覺得那麼飄渺，像是不太存在的人。但明明，我是那麼地努力啊！

「尼爾！」這是總機叫的，他又介入通話，而且語氣顯得很焦急，也很無奈。「拜託！我知道你很難過，但快點掛電話吧！指揮官已經打電話下來問爲什麼佔線這麼久了，別害我啊，我們是親愛的同梯耶。」

那麼，親愛的同梯，如果我還需要兩分鐘，你能幫我掩護嗎？

「好啦好啦！保證最後兩分鐘喔。」他說完就掛了介入。

以芳。我說。

「嗯，我在。」

妳還記得妳欠我一個要求嗎？

她頓了一會兒，「記得。」她說。

那個要求我現在要用，好嗎？

「好。」

妳說我偶爾來，急著走，擁抱很少，等待很多，說妳這幾個月來愛得很空洞。妳知道爲什麼會有這樣的感覺嗎？因爲妳並不愛我，因爲妳並沒有去珍惜我。我對妳好，妳只是覺得那是我順從了妳的任性，讓妳的任性得到了依靠。當我搭著飛機離開，妳難過著說飛機一離地，我就離妳一個天空的距離了，但妳沒有想到，這個天空的距離，也是我一個人走完的。我不了解妳的過去，或許我太快愛上妳，所以沒有看清楚，原來妳是個只想被愛的人。

我深深地愛妳，所以就算是分手後，我也不想看妳難過。我希望妳能了解並且懂得付出，來尋找愛人的快樂，珍惜被愛的幸福。因爲一味地祈求被愛，其實是悲哀的。

再見，以芳，我說完了。這是妳欠我的要求。

總機替我把電話切斷，我依然拿著話筒。他替我掛掉了一通電話，卻沒有替我掛掉我的難過。

那天是入伍滿一年的前一個星期，也是我跟著學弟學著速食愛情的開始。

而那是我第三個女朋友，也是最後一個。

我的愛情在那天就死了，沒有活過來過。

只會被愛的人，悲哀。

21

不過，當我還在弔慰我死去的愛情時的那些天，部隊放假後我依舊習慣性地搭上飛機到了台北，然後搭計程車到百貨公司等她。

分手之後的時間，會像是一種不屬於地球的時間，你無法感受它的長短，因爲當你再見到對方時的那種陌生感，會讓你覺得恍若隔世。對，就是那種陌生感。

這陌生感相當強烈，強烈到會影響你的行爲。或許你只跟對方分手幾天，但幾天之後再見他（她），你會覺得那顆已經受傷而且脆弱的心被嚴重擠壓。熟悉感從右方壓過來，陌生感從左方擠過去。你的眼神飄忽不定，你的心跳混亂不已，你會說些莫名其妙的話，而且用字多禮，像是第一次見到對方一樣客氣。

「呃……嗨」、「喔！你好啊，吃飽了嗎」、「這幾天你還好嗎」、「我能不能跟你說說話呢」、「我會不會打擾你了呢」……

對，就是這樣。現在正在看這本書的你，如果有過類似的經驗，應該會覺得知我者尼爾吧！

因爲我就是這樣。

我在百貨公司的員工出入口等了她一個多小時，見到她之後我所說的就是這些。我甚至覺得她的頭髮好像長了一點，她的口紅好像亮了一點，她的眼睛好像大了一點。

「尼爾，你來做什麼？」她說，見到我，她似乎一點都不驚訝。

喔！我……我只是想，想來看看妳。

她看了看我，撥了撥頭髮，「這次一樣放假兩天嗎？」她說。

是啊是啊，兩天兩天。

「這兩天都要待在台北嗎？」

嗯……如果有目的的話，我會待在台北。

「哪方面的目的？去玩的目的還是……」

我可以直說嗎？

「可以。」

跟妳好好談一談，挽回妳的目的。

「挽回？」她的表情告訴我，我用錯了字眼。

是啊，挽回。

「在我來說，你是不需要挽回的。」

什麼意思？

「就是你並不是那個說再見的人，所以應該不需要挽回。」

那麼，妳覺得我該用什麼字眼來表達呢？

「我想，我不會告訴你該用什麼字眼，不過，我會勸你直接放棄。」

不不不，先別說，我才剛到台北，我不想現在就聽到要我放棄的話，至少給個時間和機會談一談比較好。

「我可以給你時間和機會談一談，但結果並不會不一樣的，尼爾。」

那一秒，我在她眼睛裡看見遠遠遠遠，遠到不能再遠的我。不管在她眼裡或心裡，我都已經離她好遠好遠。

是什麼讓妳這麼堅決呢，以芳？我嘆了一口氣問她。

「沒什麼讓我堅決，而是你所說的，我並不愛你。」

我死去的愛情再一次遭受電擊，只不過這是救不了人的。過了幾秒鐘，她沒說話，我也沒說話。然後她招了計程車，連再見都沒說。

接著，我整整在台北等了兩天，她沒有打來電話要跟我約時間談談，我打去的電話和訊息也一樣石沉大海。那兩天，我一個人在台北閒逛，從東區到西門町，再從木柵到陽明山。我發現台北是一座很深的城市，深到所有擦身而過的行人都看不見你，因爲你像是走在比他們的地平線都還要深的地底，你偶爾抬頭仰望別人的歡笑和快樂，卻沒有勇氣低頭撫觸自己的傷口。空氣裡彌漫著冷漠的味道，不管是捷運板南線還是新店線，沒有任何一線能載走我當時的空虛和痛苦，電子看板上顯示著再過兩分鐘列車就會進站，我卻覺得那是預告著再過兩分鐘傷心就會靠近月台。孫燕姿的某張專輯中有一首歌的歌詞裡寫到，「寂寞很吵我很安靜，情緒很多我很鎮定」，是啊，寂寞眞的很吵，但我不知道一言不發就是鎮定。

我說得再多都沒有用，總之就是結束了。彭以芳來得莫名其妙，去得也莫名其妙，這場愛情我談得莫名其妙，也痛得莫名其妙。

再過一個禮拜，學弟帶我到鳳山一家路邊小炒吃消夜，正巧他那天也跟一個速食愛情的女孩說再見。他舉杯邀我共敬，我也熱情地舉杯向天，但在那一秒我們卻同時愣在那兒。

「學長，你說，我們該敬什麼好呢？」

啊，這倒是考倒我了。

「那，我們敬現在老闆娘正在炒的那盤菜吧。」

喔！好啊，敬老闆娘正在炒的菜喔！

一整杯啤酒下肚之後，學弟迅速地再倒滿我們眼前的空杯。他再一次邀我共敬，我也熱情地舉杯向天。

「學長，那這一杯，我們該敬什麼好呢？」

啊，你又考倒我了。

「那，我們敬陳水扁總統好了。」

喔！好啊，敬陳水扁總統。

又是一杯啤酒下肚，學弟又迅速地倒滿眼前的空杯，這一次邀我舉杯時，我總算知道要敬什麼了。

「學長，那這一杯，我們要敬什麼好呢？」

敬……莫名其妙的愛情吧。

學弟稍愣了一下，隨即開心地笑了起來。「好啊！敬莫名其妙的愛情吧！」

莫名其妙的愛情喝下肚後，我們又倒滿了眼前的空杯，學弟說，這一次要敬莫名其妙的男人。酒不夠了，我們又叫了一手，然後繼續敬那些許許多多的莫名其妙。

那天晚上，我們喝掉了莫名其妙的愛情、莫名其妙的男人、莫名其妙的女人、莫名其妙的失戀、莫名其妙的孤單寂寞、莫名其妙的一見鍾情、莫名其妙的台北城、莫名其妙的兵役、莫名其妙的牽手擁抱親吻甚至莫名其妙的上床做愛。

這天晚上酒後的第一泡尿有著濃濃的啤酒味，而我的臉上有著鹹鹹的眼淚，我把莫名其妙的愛情尿了出來，也把我跟彭以芳的一切給哭了出來。對我來說，我跟她是在喝酒的時候認識的，也在喝酒的時候分手的。不同的只是，認識時是她陪我喝，分手時是我自己喝而已。

彭以芳在跟我分手的九個月後結婚了，因爲她大了肚子。愛情對她來說只剩下肚子裡的那個孩子，還有不喜歡使用保險套的丈夫。

她結婚的那天，介紹我跟她認識的朋友打電話給我，說她想跟我說幾句話。她接過電話之後，開玩笑地問我爲什麼不去參加她的婚禮。

喔！天！妳沒有寄喜帖來，我怎麼知道妳要結婚呢？

「那麼，如果我寄了，你就會來嗎？尼爾。」

我想，我不會去吧。那有點殘酷，而且太戲劇化了。

「我猜想你也不會來，所以我才沒有寄帖子給你。」

是嗎？那妳還是一樣冰雪聰明不是？我笑著揶揄了她兩句。

「尼爾……」過了幾秒鐘，她說。

嗯？

「你想祝福我嗎？」

我一直在祝福妳啊。

「那……你有什麼想跟我說的嗎？」

我微愣了一會兒，左思右想，前思後想，然後跟她說：「I was not your woman, I was not your friend, but you gave me something to remember. We weren't meant to be, at least not in this lifetime. But you gave me something to remember. I hear you still say, love yourself.」

敬你，莫名其妙的愛情。

我想在十年之後遇見你

但在那之前我必須流浪，像個無依無靠的孩子一樣。
原來人生也是有向光性的，心會尋找一個發亮的地方。
只是，沒有人會告訴我，那發亮的地方在哪，
但我曾經隱約地感覺到，那個地方在你身上。

鄭愁予寫說：

「離別已裝滿行囊，我已不能流浪。

我寧願依著影子像草垛，夜夜，夜夜，

任妳把我的生命，零星的，織進網。」

我好像真的有那麼點了解了，

那種把一個人的生命織進自己的靈魂裡的感覺，

或許你覺得你的生命依然是你的，

但我卻覺得，你活在我靈魂裡的某一個地方。

那個地方，就是那所謂發亮的地方嗎？

如果十年後再遇見你，會有答案嗎？

不管過去是美麗或是滄桑，我好像……都已經遺忘，

心裡只有一個念頭，「我渴望再見到他」。

我想再見到你，你聽見了嗎？

我想在十年之後遇見你，你聽見了嗎？

22

我第一次聽見「向光性」這個專業名詞，是在還滿小的時候。我忘了確切的年紀，不過我記得那是在我家的客廳裡，日光燈上飛滿了像是長了翅膀的螞蟻，牠們不斷地往日光燈衝去，撞了幾撞也不打緊。爸爸說這種昆蟲在日光燈附近盤旋，就表示天快要下雨了。

我好奇地問，那爲什麼牠們一定得飛在燈附近呢？

爸爸回答說，因爲這世上的生物大都有向光性啊。原來向光性的意思就是趨向光線或是接近光源的意思。這表示生物大都需要光線才能生存，而且光對生物來說，也帶來了安全感。

「就像看了恐怖片，結果晚上不敢關燈睡，一定得把燈打開了才敢闔眼一樣。」

這是芸卉的說法。她單純地解釋了光源給生物帶來的安全感，彷彿安全感三個字對她來說並沒有他人解釋的那樣多元化。

「不，尼爾，我想你可能欠缺了太多的考慮，所以你才會跑來跟我說這些。而且你誤解我的意思了，我說你沒有安全感，不是你這個人對我來說沒有安全感，而是我們如果沒有了那一層深厚的朋友關係，那麼我們在一起了也會沒有安全感，對我來說，我會沒有安全感……喔！我的天啊，我到底在說些什麼？」

把上面這段話說得很亂，讓我聽不懂，而且連自己也聽不懂的是小芊。對，輕舞飛天郭小芊。她對安全感三個字的使用範圍比芸卉來得廣泛太多，畢竟她跟她是不一樣的女人，相差有十萬八千里的平方。

她會說這段話是有一天我跑去要她當我的女朋友，而且長篇大論地告訴她爲什麼我會突然要她當我的女朋友之後，她深呼吸一口氣後的反應。

我想她並沒有把我想跟她在一起的理由聽進去，我只是告訴她，我過厭了沒有安定穩固愛情基礎的日子，速食愛情對我來說已經不具任何意義，我需要一個互相了解也互相欣賞的對象來共同相處。

「你到底了不了解我所謂安全感的意思？」她問。在那個節骨眼上，她只在乎我有沒有明白她說的話的意思。

我似乎沒有非常明白，妳能再說一次嗎？我說。

「好。我再說一次。」她閉上眼睛，緩緩地向後倒退一步，然後慢慢地說：「所謂郭小芊對尼爾的安全感，是來自我跟尼爾多年同學兼好友的情感所構築而成的，如果這一層多年構築的情感被另一種我們陌生的關係給介入了之後，那我對你就沒有安全感了，這樣，你能了解我的明白嗎？尼爾。」

小芊，妳是說，妳沒辦法跟我在一起？

「從結果面來講，是的，我沒辦法跟你在一起。」

因爲我們多年來構築的情感？

「從理性與確切的說法來講，是的。」

妳所謂的陌生關係是情人關係嗎？

「對，就是情人關係。」

爲什麼情人關係對妳來說是陌生？

「不，我的意思是，情人關係對『我們』來說都陌生。」她強調了「我們」兩個字。

所以妳的意思是，妳不跟我在一起，是因爲我們沒辦法當情人？

「喔！我的天，尼爾，你什麼時候變笨了？」她有些失去耐心了，「總之，我沒辦法以情人的身分跟你相處，你只適合當我的朋友，這樣你了解了嗎？」

或許我眞的了解吧。就算幾年後我跟小芊上了床，有了類似一夜情的性關係，在一起與否對我們來說都已經不是重點的現在，我或許眞的了解了吧。

那是幾年前我剛退伍的時候跑去跟小芊說的，當時我只是很單純地想找一個我了解她，她也了解我的女孩子一起相處下去，但沒想到當時的我居然也是單純的。我還因此不敢跟小芊連絡長達三個月，後來還是小芊主動跟我連絡，才化解了告白失敗的尷尬，而且她跟我連絡的理由很好笑，是提醒我「尼爾與雅容分手紀念日」。

對，她打電話給我，然後告訴我：「尼爾，今天是你跟雅容分手滿五年的日子喔，你一定忘記了吧。」對，她是這麼說的。

媽的！分手就分手了，還記得幹嘛？這是我當時的反應，但我沒有說出口，我只是在電話中傻笑，然後掛掉電話開始想念雅容。

突然我覺得好像有一道傷口在我的身體裡醒了過來，那種痛覺很特別，它一下子跑到左邊的肺葉，一下子又跑到了胸口，一下子哽在喉頭上，一下子又回到了心臟。

腦袋裡不斷出現雅容的樣子，好清晰好明顯。我坐在辦公室裡，那痛覺在身體裡亂竄使我明顯地不安。我覺得我好像在五年前跟她分手的時候忘了難過，五年之後痛覺才從身體裡的某個地方醒過來提醒我。

某個地方？啊！天啊，是哪個地方？到底是哪個地方讓這個痛覺醒過來的？我想鑽進我的身體裡去尋找，尋找那個地方，但我是我，我不是別人，我進不了自己的身體，我找不到方法。

就這樣到了滿二十九歲的今天，西元二〇〇五年，那個痛覺已經漸漸消失不再那麼明顯的時候，我接到了一封信，來自十年前。

十年不短，但對想念一個人來說，太長。

23

小芊來找我的那天，雨大得有點誇張，感覺好像再這麼下個幾小時，高雄就會被沖離台灣本島。我搭著計程車到機場去接她，但飛機因為大雨而誤點，原來台北松山機場也因為雷陣雨的關係而關閉了一個多小時，因此我在機場等了一會兒，喝了兩瓶可樂。

突然接到她的電話是在前一天晚上，那時我正在公司裡跟那些美國來的設計圖玩「腦力相撲」。所謂的「腦力相撲」，其實就是指在理解某樣東西的過程，但陳耀國就是喜歡把某些簡單的事情用一個看起來很專業，其實內容空洞又顯得白癡的名詞來稱呼它，這讓他覺得自己很厲害，是個頂尖的管理階層人員。

是啦，「腦力相撲」就是陳耀國講出來的啦。你們不會忘了陳耀國是誰吧？他就是那個白癡到不行的課長，腦袋裡面裝大便的那個。

設計圖才看到一半，我的手機就響了，來電沒有顯示號碼，我好奇地接了起來，電話那頭傳來一個虛弱女子的聲音。

「我好想你……」那女子說。

什麼？妳說什麼？

「我說，我好想你」

小姐，請問妳是哪位？

「你想我嗎？」她沒有回答我的問題，又回問我一個問題。

呃……小姐，我不知道妳是哪位，又怎麼會想妳呢？

「你果然是一個誰都不會想念的人。」

小姐，請妳報上姓名好嗎？我現在正在工作，沒有時間跟妳聊天，如果妳不說妳是哪位，我就要掛電話了喔。我語帶威脅地說。

「你不會掛我電話的，我有信心你不會掛我電話的。」

哦？是嗎？那我能否請問，妳有沒有打錯電話呢？

「我可能會打錯任何人的電話，但我不會打錯你的電話。」

好，OK，那請妳告訴我妳是哪位好嗎？

「你可不可以告訴我，你有沒有想過我？」

我……

我本來想說的是「我去你媽的」，但因爲我沒辦法對女孩子罵這種不太好聽的話，所以我快速地掛了電話，而「去你媽的」四個字在掛掉電話之後才說出來。像這種沒有顯示號碼的電話，打來了又不告訴你他是誰的，大多都是詐騙集團打來的，他們會引你說出一個名字，例如小明，然後他就會說「對，我就是小明」，接著慢慢地把話題轉移到他的困難，或是說他現在在醫院，需要一筆錢開刀什麼的，要你去提款機匯錢給他。

「我去你媽的」、「幹！最好是他媽的騙得到我啦」、「所有詐騙集團最好通通都去讓車子給活活撞死，或是讓人抓到活活打死，或是丟到海裡讓鯊魚活活咬死，啊！不不不！讓鯊魚咬的話還是不要咬死，最好是留下上半身讓他活著，讓他的大腸小腸胃臟肝臟都露在外面」……

上面那一串是我在掛掉電話之後罵的，對不起，我壓抑不了這種憤恨的脾氣。而且這對一個晚上十點半還在公司加班，甚至連晚餐都還沒吃的上班族來說眞是一種污辱。

小芊打來第二通電話的時候，我剛好罵到「把詐騙集團都丟到動物園裡讓獅子老虎咬死，而且要從頭部開始咬，讓他們的腦漿都噴出來」這邊，我腦袋裡充滿著腦漿四溢的畫面，還有詐騙集團被咬的慘痛表情，心裡有一種說不出的強烈快感。

「尼爾！你還眞的掛我的電話！」

小芊的聲音從電話那一頭傳來，我嚇了好大一跳，因爲我腦袋裡那個腦漿四溢的慘痛表情突然換上了小芊的臉。

啊啊啊！我的天啊，小芊，妳的頭沒事吧？我下意識地對著電話叫著。

「什麼我的頭沒事吧？你說什麼呀？」

啊啊啊！沒什麼！沒什麼！我深呼吸了幾口氣，心跳漸漸地平復中。

「你居然掛我的電話！尼爾。」

我不知道那是妳啊，誰叫妳不顯示來電號碼，我以爲是詐騙集團打來的啊。而且妳剛剛還故意裝出那種虛弱的女鬼聲，我哪認得出是妳啊。

「詐騙集團裡有女孩子的聲音像我這麼好聽的嗎？」

拜託，我又沒聽過詐騙集團裡女孩子的聲音，我怎麼知道好不好聽？

「那，你覺得我的聲音好聽嗎？」

拜託，我們都已經認識十年了，妳怎麼不在十年前問我妳的聲音好不好聽啊？妳現在問我，要我怎麼回答？

「很難回答嗎？」

是很難啊！因爲這聲音我已經聽了十年啦！要不我現在問妳，妳覺得我的聲音好聽嗎？

「好聽啊。」

啊？什麼？

「我說，你的聲音一直都很好聽。」她說，而且是一個字一個字慢慢地說。

我一直都不知道我的聲音是屬於好聽的那一型，這是第一次有女孩子說我的聲音好聽。其實，被這樣讚美我是高興的，唯一覺得奇怪的是，這讚美出自小芊的口中，我覺得有些不太自然。我說不太自然並不代表她說的不夠誠懇，而是在我跟她的關係裡出現這樣的讚美，是一種不太自然的事情。

她說她想到高雄來找我，我說好。她說她想到高雄好玩的地方玩，我說好，她說她明天下午就會到，我說啥？不會吧！她說這事由不得我，我只能說好。

「我記得我告誡過你的，尼爾，喝太多可樂是會傷身的。」她說。

我轉身的時候，她已經站在我身後，我沒注意到她的穿著之前，倒是先注意到她的臉和頭髮。她的臉消瘦到了一種讓人看了會心疼的地步，她的口紅襯出了她的臉有多麼蒼白。她的頭髮已經長到了接近腰的地方，我記得在最後一次看見她的時候，她的頭髮才在肩下大約十五公分的地方。她在左耳上方的部分刻意染了一撮白色，直落落的劉海鋪在她有美人尖的額頭上。

她奪走我的可樂，「你等很久了嗎？」她說，然後很自然地喝了一口可樂。

呃！我說，輕舞飛天郭小芊，那可樂是我喝過的，上面有我的口水啊！

「你覺得有關係嗎？我們都上過床了。」

她的回答讓我吃驚，我以為她一點都不想再談及有關那一夜，我跟她發生關係的事情，我以為她只想再回到我跟她是「同學兼好友」的關係，而那一夜的溫柔，她只想藏在很深很深的心口裡。

「尼爾，眞是不巧呢！我才想到高雄，高雄就爲了我的到來而下雨。」她輕輕皺著眉頭說。

是啊！大概高雄不歡迎妳吧。

「是嗎？高雄不歡迎我沒關係，倒是你，你歡不歡迎我呢？」

我當然歡迎，我能不歡迎嗎？

她笑著，拉著我的襯衫袖口。

我記得那是二○○五年的二月，才剛過完農曆年沒幾天。我們走出機場門口的時候，自動門開啓的那一剎那吹進了一陣風，她的長髮飄起，同時也漫出了撲鼻的香味。

妳的頭髮什麼時候留得這麼長呢？我問。

「你想知道嗎？」她回頭笑著看我。

嗯，還滿想的。

「那……我說了，你可別嚇一跳！」

喔，好。

計程車開在離開小港機場的中山路上。她說出了一個讓我的心跳失去正常頻率的答案。

「因爲田雅容的頭髮，就是這麼長。」

猛然間，我才驚覺，田雅容三個字在我心裡，有這麼大的震撼力。

24

小芊在高雄待了兩天，我也就吵了她兩天。吵她的原因不爲別的，就是爲了田雅容。我拚命地問她爲什麼突然提起田雅容？田雅容在哪裡？是不是見過田雅容？但是她總是這樣回答我：「我回台北之前會告訴你的。」

在那一秒鐘，我恨不得她馬上回去。

這兩天，她輕鬆愜意地在高雄市逛街閒晃買東西吃小吃看電影泡書店和網咖，還到澄清湖和西子灣找了兩棵樹簽名，天知道她爲什麼隨身帶著立可白？又到藤井樹開的咖啡館裡去吃下午茶，說是想找他簽名。

不過藤井樹開的咖啡館確實不錯，有特別的義大利麵和好喝的純手工虹吸式煮法的咖啡。地址是高雄市中正二路五十六巷四號，在大統和平店後面的公園裡（咦？我說這個做什麼？）。

終於，她無所事事的兩天過去了，而我一顆心懸在田雅容三個字上面的兩天也過去了。我送小芊到小港機場搭飛機的時候，她交給我一封信。而她在把信拿給我之前告訴我：「尼爾，這封信是雅容十年前寫的，也就是她要離開台灣到德國去的前一天晚上寫的。她本來想在上飛機之前交給你，但她沒有勇氣。」

為什麼呢？我皺眉問著。

「她說，這封信代表著十年後的現在，也就是她在十年前寫了一封信給十年後的你，因為不知道這十年有多大的變化，所以她不敢親手交給你。」

妳的意思是說，她早就有在德國時會跟我分手的心理準備嗎？

「我想，應該是說，她早就知道自己無法負荷那重重的思念，所以寫了一封信埋葬自己的愛情，但卻期待十年後愛情會再一次甦醒。」

愛情再一次甦醒？為什麼她會這麼想？

小芊看著我，淺淺地笑了一笑，「因為她告訴自己，如果十年後她依然愛你，不管你在哪裡，她都要找到你。」

那，她現在在哪裡？我急得抓緊了小芊的手臂問。

小芊沒有回答我，她只是伸手撫摸著我的臉，然後深深地吐了一口氣，「你還記得今天是什麼日子嗎？」

嗯？什麼日子？

小芊的眼神由深轉淡，像是對我忘記今天是什麼日子而失望，「你果然是一個誰都不會想念的人。」小芊說。

那瞬間，我的思緒跑到了很久很久以前，然後很快地往現在轉動。那感覺像是一部電影被不斷地快轉快轉，那畫面跳動得很快很快，我在那很快的畫面當中想要尋找一個有關於「想念」的定格，但畫面始終沒有停止。

畫面閃過了剛遇見我的田雅容，閃過了那把史奴比的雨傘，閃過了我們第一次約會的燒烤店，閃過了她要去德國的那一天，閃過了那個我哭了一個小時的機場洗手間，閃過了雅容寫的最後一封分手 Email，閃過了我跟柳嘉恩的相遇，閃過了她同時交往的三個男朋友，閃過了我跟柳嘉恩分手的地下室，閃過了我大學時的魔女系館，閃過了我跟彭以芳一起喝酒買醉的那間酒吧，閃過了我跟她在第二天上床的畫面，閃過了精品店，閃過了必勝客，閃過了敦化南路的斑馬線，閃過了遠東企業大廈，閃過了動物園，閃過了連接台北市與永和之間的福和橋，閃過了分手電話，閃過了十個月的那些「暫時需要」，閃過了那些跟我上床做愛但我卻不愛的女人，閃過了天眞單純的馬芸卉，閃過了我跟她第一次看的電影《A．I》，閃過了她的馬自達6，閃過了她美麗的笑容，閃過了跟我大學同窗了四年的郭小芊，閃過了我跟她在她家上床的那種衝動，閃過了她不要我當她男朋友的表情，閃過了她失戀時寫給我的那封信，閃過了……

太多畫面閃過了，卻沒有任何一個畫面關於想念。我像是WORD裡找不到檔案的精靈，要求使用者重新輸入一次關鍵字。

但關鍵字就是想念啊，爲什麼我從未想念過什麼人呢？

看著小芊的表情，我完全不知道該怎麼回答。我只是輕輕地說：或許吧。想念對我來說是瞬間的事情，一瞬間就佔滿了腦袋，又一瞬間離開。

「那麼，你想知道今天是什麼日子嗎？」

嗯，想，而且我會永遠記得了。

「今天是你跟雅容分手滿十年的日子，你可要記住了。」

嗯。小芊，我能否問妳，爲什麼妳會有這封信呢？

「這是她九個月前交給我的，我跟她已經同事五年了。」小芊說：「你想去看她嗎？」

嗯，很想。

「那……你想念她嗎？」

嗯，我很想念她。

「找個時間到我公司吧，我帶你去見她。」

嗯，好。

我目送小芊走進候機室，手裡握著她剛剛交給我的信。這封信已經黃了一塊一塊，信封上面寫著：「給十年後的倪臱爾」。

倪臱爾是我的名字，但因爲很多人都不會唸「臱」字（唸音同奇），所以大家都乾脆叫我倪爾。叫著叫著，也就習慣了。到後來還乾脆用「尼」來代替「倪」。

我走出機場，叫了一輛計程車，跟司機說了我家的方向，然後定神看著這封信上面的筆跡。

是的，沒錯，這確實是雅容的筆跡，日期是一九九五年八月二十一日，她到德國去的前一天。

請輸入關鍵字。
「想念」。
查無此筆記憶。

25

兩個禮拜之後，台北總公司很快地把芸卉調到高雄分公司來，原因無他，因爲我決定要離職了。我在接到雅容的信之後的隔天就向公司請假到台北去看她，並且在同一天決定要離職。

芸卉對於我的離職感到非常震驚，她一直認爲我是一個不會輕易離開工作的人。她被臨時任命到高雄來接替我的工作。很久沒見到她，我以爲她會給我一個美麗的笑容，結果不是。

她看到我的第一個反應是哭，而且哭得淅瀝嘩啦。我跟她用了兩個禮拜的時間交接工作，我總看得出她想跟我說些什麼，但每次話到喉頭就又吞了回去。我故意惡作劇地問她：

嘿！芸卉，妳喜歡過我嗎？

結果她看了看我，然後認眞地點了點頭。我驚訝，但隨即繼續問下去。

那麼，是哪一種喜歡呢？

「是喜歡男生的那種喜歡。」她說。

喜歡男生的那種喜歡有欣賞方面的，也有愛情方面的，妳是說哪一種呢？

「是想跟你在一起的那方面的。」

喔。我拉長了聲調，她的答案讓我一時間不知道該怎麼收場。

妳覺得，我是個容易被喜歡的人嗎？我問。

「我覺得，你是個容易被人喜歡，但喜歡你的人卻不知道那是喜歡的人。」

妳在繞口令嗎？

「我是說眞的。因爲我也不知道我喜歡你，也不知道什麼時候開始的。」

那我問妳，十年後，妳依然會喜歡我嗎？

「為什麼這麼問？」

我只是問問。

「不，我沒辦法回答你，因為我不知道十年後會是怎麼樣的。」

那如果有個女孩告訴我，她十年後依然會愛我，妳覺得那個女孩怎麼樣？

「我不知道那個女孩怎麼樣，但我想，她一定非常非常愛你吧。」

我問芸卉為什麼看見我的時候要哭得淅瀝嘩啦？她說因為她看見我的眼淚。

讀完信的當晚，我跟小芊約好隔天下午在松山機場碰面。在電話中，小芊告訴了我一些我不知道的事情。

她說八個月前的那天晚上，也就是我跟她發生類似一夜情關係的那天晚上，她其實是想跟我在一起的。把時間再往前推幾年，在我退伍那年，我曾經跑到小芊面前告訴她我想跟她在一起，但她霹靂啪啦講了一大堆有關什麼安全感的東西都是唬爛我的。

所以，妳的意思是說，其實那時候我們最好的關係不是朋友關係，而是情人關係，是嗎？

「對。」小芊說。

那爲什麼妳當時要拒絕我呢？

「因爲雅容的關係。」

因爲雅容？爲什麼？

「因爲那時候雅容已經到我們公司工作好幾個月了。」

那爲什麼妳當時不告訴我？

「因爲她請我不要告訴你。」

她的理由是什麼？

「她告訴了我有關於十年的你的事情。」

十年的我？

「對，十年的你。她是這麼說的。她問我，如果一個人能跟另一個人分開十年，卻依然愛著對方的話，那是不是代表對方已經住在自己的靈魂裡？」她接著說：「我回答是。所以雅容就告訴我，如果她愛了分開一年不見的你，那麼她可以愛分開兩年不見的你；她可以愛了分開兩年不見的你，就可以愛分開三年不見的你；以此類推，直到分開十年不見的你。」

聽完，我靜默，因爲我說不出話來。因爲我不知道雅容提出跟我分手的意義竟然是要證明她心裡面的某種愛情眞理。

「尼爾，你在聽嗎？」

嗯，我在。

「所以雅容對你的愛讓我無法接受你，我認爲她已經不能再被傷害。」

嗯，我知道妳的意思。

「你知道當時雅容在她的辦公桌前貼了一張她在德國寫給你的信嗎？我每天都看，每天都看，看到我都會背了。」

什麼信？

「她寫說：『昨天晚上，我需要你。前天晚上也是，大前天晚上也是，大大前天晚上也是。可是，你只剩下一個電子郵件信箱位址，幾個英文字母，幾個點，一個@。這是一道一萬四千公里的傷口，從飛機起飛的那一瞬間就開始被撕開……』」

嗯……我知道這封信。我打斷小芊的話。這是她寫給我的分手信。最後一句是「我和你，這道傷口，就算花十年的時間，也補不回來了。」我說。

「不，不是。」小芊說。

小芊在松山機場接到我之後，便轉往雅容的家。我問小芊，為什麼雅容沒有跟她一起來，她說雅容已經在一年前離職了。

我從來沒去過雅容的家，小芊告訴我，自從雅容在台北工作之後，他們全家就搬到台北定居了。

車子轉上高速公路，因為是下班時間，車子很多，塞車嚴重。我們下內湖交流道的時候，天已經晚了。

雅容她家在內湖嗎？我問。

「嗯。」小芊點點頭，沒有再說什麼。

車子彎呀彎地進了一條小巷，停在一棟大樓前面。管理員要我們寫下訪客姓名及被訪人姓名，我寫上了我的名字，並且在被訪人那一欄上面寫上田雅容三個字。

「唔……田家在十七樓。」管理員說：「往那個方向走，那裡有電梯。」他指了指我們的左前方。

在搭電梯的時候，我的呼吸急促，心跳很快，小芊要我冷靜下來。

我正在試圖冷靜啊。我說。心跳依然急促。

「不，尼爾，我是說真正的冷靜。」小芊的眼神讓我感到不安。

終於，我知道爲什麼小芊要我眞正地冷靜下來。
因爲，當田爸爸來開門的時候，直接映入我眼中的，是一張雅容的黑白照。
「愛女田雅容，生於一九七六年三月十一日，卒於二〇〇四年五月十七日。」

26

尼爾，我的親愛的：

這不是一封信，請你不要把這當作是一封信，因爲這是我在約你。

我想約那個十年後的你，還有十年後的自己，在十年後的某一天，到我們第一次見面的學校餐廳前面，那天最好也是下雨天，而且我會故意不帶傘的。

你懂我的意思嗎，尼爾？我想在十年之後遇見你，不管十年後世界變成什麼樣子，我都要再見到你。

你知道嗎？我現在正在想像十年後的你會是怎麼樣的。你的頭髮會變長嗎？你的臉會消瘦嗎？十年的歲月會在你的臉上留下痕跡嗎？

還有，十年後的你，會依然愛我嗎？

如果我跟你說，十年之後，我依然愛你，你會相信嗎？

日劇《一〇一次求婚》裡的男主角對女主角說：「我發誓！五十年後，我會比現在更愛你！」你知道嗎？當我聽到這句對白的時候，我心裡只想著：「天啊！五十年，那是多麼長的一段日子啊！」

所以，我一點都不貪心，我只要他五分之一的時間，而且十年後我不會比現在更愛你，因爲我已經把全部的愛都給你了。

尼爾，現在的你在做什麼呢？明天我就要到德國去了，你是不是在整理那些捨不得我離開你的情緒呢？我有很多很多捨不得你的情緒，但我已經放棄去整理了，因爲再怎麼整理，都無法讓我說服自己說：「沒有尼爾在的日子，我還是會好好的。」

我不會好好的，眞的，我不會好好的。

所以，我現在在整理的，是跟你分手的情緒，因爲我知道在德國的日子裡，總有一天，我會要自己離開你。

※　※

「尼爾，你知道德國在哪裡嗎？」

知道啊，在歐洲。

「你知道那有多遠嗎？」

昨天我上網查過，大概距離台灣一萬四千公里。

「你知道德國會下雪嗎？」

我知道，那邊八月份的氣溫就在十五至十八度左右了。

「你知道我很怕冷嗎？」

我知道啊。妳可以多帶一些衣服去，我也可以存點錢買件大衣給妳啊。

「……」

而且妳不是最喜歡看雪了嗎？

「……」

那裡有阿爾卑斯山喔。

「……」

南邊就是瑞士跟奧地利了耶，那是很漂亮很美麗的國家喔。

「……」

妳幹嘛不說話？

「一萬四千公里耶……」

嗯。一萬四千公里。

「那離台灣很遠耶……」

是啊，搭飛機要將近十五個小時喔。

「難道你都不會捨不得我嗎？」

我當然會捨不得啊。但我覺得這是一個好機會，我應該鼓勵妳，而不是阻止妳。

❄　❄

我們就分手十年吧，尼爾。這封約你的信寫給十年後的你，到時你要記得來找我喔。我會穿上我最喜歡的裙子和衣服，梳上你最喜歡的髮型，你最喜歡女孩子綁公主頭的，對嗎？

那麼，你可不可以穿上白色的襯衫、黑色的長褲，搭一件黑色的毛背心呢？因爲我想跟你拍張漂亮的照片。你想想，我們從來就沒有拍過什麼照片，對吧？我在整理行李的時候，一直在想該帶些什麼東西到德國去，才能彌補一些想念你的心的缺口，但我發現你沒有給我照片，而我也沒有給你我的。

我安慰著自己說，我唯一有的，就是你的愛了。

※　※

「我是你的第幾個女朋友呢？尼爾。」

第一個。我說。

「第一個？」

嗯，第一個。

「你騙人！」

我騙妳幹嘛？這可是我的初戀和我的第一次呢。

「這樣有很了不起嗎？」她哼的一聲，「這也是我的初戀跟我的第一次啊。」

那很好，我們都是完美的。

「是啊。我們都是完美的。」她重複了一次我說的話，然後閉上眼睛，漸漸睡去。

＊　＊

你知道嗎？我一面寫這封信，一面在筆記本上面畫上想你的記號，而我今天想你四十七次囉，從早上九點起床的時候開始算起。

每想你一次，我就在我的史奴比筆記本裡畫一橫，我在想，如果這本筆記本被我畫滿了想你的記號，然後把它寄給你，你會不會很感動呢？

晚安了，我的親愛的。此刻的你，正在想我嗎？

我想跟你說，我很想你，很想你。

田雅容　一九九五年八月二十一日

我只能想得到這個方法來證明自己可以愛你好幾個十年。

雅容的最後一封信

我沒有在雅容家待太久，因爲一個大男人第一次到別人家就哭得亂七八糟是一件不太得體的事。雅容的爸媽對我很客氣，他們都知道我的存在，只是從來沒有見過我而已。

我給雅容燒了一炷香，雅容的爸爸把她的史奴比筆記本交給我，他說雅容的骨灰放在木柵附近的山上，要我找個時間去看看她。我跟小芊向他們道別之後離開。

其實我本來想問雅容的死因，但我沒敢開口。小芊後來跟我說，雅容死於流行性腦脊髓膜炎。我不知道這是什麼病，小芊說一開始雅容只是說她感冒嚴重，高燒不退，幾天之後就沒有再到公司了。

坐上小芊的車之後，小芊遞給我一盒面紙，她說我的鼻涕和眼淚已經不被控制了。這天之後，我常常不經意地哭，連眼淚掉了下來我都沒有知覺，哭的時候我並不覺得鼻酸，只感覺到很強烈的心痛。我終於知道爲什麼芸卉看見我的時候會掉下眼淚來。因爲她說我的眼淚像是關不緊的水龍頭。

雅容的筆記本裡寫著數不完的「正」字，還標上了日期。在筆記本的最後一頁裡，雅容寫了一首像是詩的東西：

我想在十年之後遇見你，
但在那之前我必須流浪，像個無依無靠的孩子一樣。
原來人生也是有向光性的，心會尋找一個發亮的地方。
只是，沒有人會告訴我，那發亮的地方在哪，
但我曾經隱約地感覺到，那個地方在你身上。

鄭愁予寫說：
「離別已裝滿行囊，我已不能流浪。
我寧願依著影子像草垛，夜夜，夜夜，
任妳把我的生命，零星的，織進網。」

我好像眞的有那麼點了解了，
那種把一個人的生命織進自己的靈魂裡的感覺，
或許你覺得你的生命依然是你的，
但我卻覺得，你活在我靈魂裡的某一個地方。

那個地方，就是那所謂發亮的地方嗎？
如果十年後再遇見你，會有答案嗎？
不管過去是美麗或是滄桑，我好像……都已經遺忘，
心裡只有一個念頭，「我渴望再見到他」。

我想再見到你，你聽見了嗎？
我想在十年之後遇見你，你聽見了嗎？

記得我在第十一集裡跟你們說過，雅容不可能眞的離開的，一直到我們分手那天，她都不曾眞的離開。她把我的生命織進了她的靈魂裡，也把她的生命織進我的靈魂裡。

當我在這十年的歲月之間沉沉浮浮的時候，她一直停在那個地方，停在我靈魂裡的某個地方。

一個禮拜之後，當兵時跟著我一起「速食愛情」的學弟打電話給我，說要跟我一起吃個晚飯。好幾年沒見到他，沒想到他已經是一家中古車行的股東了。

你找到你的靈魂了嗎，學弟？跟他見面之後，在白煙翻騰的麻辣鍋前，我問。

「我不知道我是不是找到靈魂了，學長，」他夾了一塊凍豆腐，然後繼續說：「但就在幾年前的某一個晚上，我的身旁依然躺著一個我不認識的女人，她問了我一個問題。」

她問你什麼問題？

「她說，明天天亮之後，你會想起我嗎？」

她問得很好，你不覺得嗎？

「她不只問得很好而已，學長。她還讓我在一瞬見看見我過去那些無知歲月的空白，那些速食著愛情的日子似乎讓我離愛情越來越遠。」

你好像找到了你的靈魂了，不是嗎？

「剛剛我已經跟你說啦，我不知道我是不是找到我的靈魂了，但我找到了要陪我一輩子的人。」

你是說？

「是啊！學長，我要結婚了。對象就是這個問出好問題的女孩呢。」

眞是恭喜你啊。你不只找到了靈魂，還找到了另一半。

「謝謝，謝謝，學長，我結婚那天你要來唷。」

好。我說。

「學長，你怎麼了？」學弟看著我的臉，擔心地問我。

我？我沒怎麼了啊。

「你沒怎麼了？那為什麼你要流眼淚呢？」

學弟的表情告訴我他很緊張，但我急忙安慰他，我沒怎麼了，只是想起了某個人而已。

「想起誰呢？女朋友嗎？」

嗯……應該說，我想起了我的靈魂。

我或許有著跟爸爸一樣的命運，都在最幸福的瞬間失去幸福。還記得爸爸曾經寫過一首詩給媽媽，詩名叫作〈十年的妳〉。爸爸在最後的幾句寫著：「我低聲地問，那在遠方的妳啊。如果我寫一首詩給十年後的妳，妳將在哪兒讀它？」

而雅容在十年前寫了一封信給十年後的我，我卻在永遠失去她的時候才讀到它。

雅容的最後一封信，其實很短，也很簡單。

她寫說：

昨天晚上，我需要你。
前天晚上也是，大前天晚上也是，大大前天晚上也是。
可是，你只剩下一個電子郵件信箱位址，
幾個英文字母，幾個點，一個@。
這是一道一萬四千公里的傷口，
從飛機起飛的那一瞬間就開始被撕開
我希望，十年後，我們會在第一次相遇的地方，
把這道傷口補起來，用我們的愛。

田雅容

十年後，我們會在第一次相遇的地方，把這道傷口補起來，用我們的愛。

【全文完】

十年的我

▽後記

Neal（尼爾），是我的英文名字。也是故事當中主角的名字。

《十年的你》這部作品是我從事創作工作以來，寫出最多「自己」的作品。從主角的名字被設定成尼爾就可以看出。我把自己許多的性格與想法，都編輯成一個個的事件來演出。

但，這也是我寫過最吃力的一部作品。因為我一度高估了我「想像」的能力。

怎麼說呢？我一步一步地來說明好了。

尼爾所工作的釣具公司，我確實在那裡面工作過，當我還在念書的時候。所以這裡面很多的片段都是真實的，除了釣具公司不在台北而在台中之外。不過，當然啦，我並沒有在公司裡擔任過「主任」的職務，我只是一個小小的倉儲管理人員，負責全台灣所有釣具零售店的出貨工作。

不過，我並沒有一個叫作芸卉的同事，這是一個虛構的角色，主要是用來平衡故事當中，主角個性裡面明顯到一個不行的迷惘。因為芸卉被設定成是一個單純而且不會把事情複雜化的女孩，所以她與尼爾就形成了一個對比。

那麼，只有芸卉一個角色是虛構的嗎？不，不是的。

除了主角尼爾是我的投影之外，其他的角色全部都是虛構的。

所以我說這部作品是我寫得最吃力的作品。因為所有的角色都不存在，也無法從我的生活當中去找一個可以拷貝或複製的朋友（也就是沒有任何一個朋友有類似的個性可以讓我用來幫助想像，同時進行複製。簡單地說，就是沒能出賣朋友），所以我必須想像出每一個人不同的個性，以及在事件當中的反應。就連最基礎的對話部分都必須靠想像。

這像是我一個人演了好幾個角色一樣。

我說過，我的上兩部作品《B棟11樓》以及《這城市》，也是虛構的故事，但當中的角色是有現實中的朋友可以拿來參考的。唯一比較難的就是考證與資料的收集而已。

所以我說《十年的你》是我寫得最吃力的一部作品，因為我高估了我的想像能力。

我一下子演尼爾，一下子演芸卉，一下子演田雅容，一下子演郭小芊，雖然不至於產生人格混亂，但確實讓我體會到「想像」其實也是有難度的（所以我真是佩服金庸，他的故事角色動輒數十人，而且都是虛構的，那到底該怎麼去模擬呢）。

另外，相信已經在網路上看過《十年的你》的讀者朋友應該已經感受到，這部作品，我用了不同的手法來表達，跟以前的作品相比有很大的不同。我不知道這是不是筆觸開始變得成熟，但我喜歡這種感覺，像是真的坐在你們面前用嘴巴講故事給你們聽一樣。

很多朋友在我一開始動筆寫《十年的你》的時候就寫信來跟我說：「子雲，你寫故事的方式變了，故事背景也跳脫了學生時期，感覺很好喔。」

說真的，聽見這樣的話，我真是爽到一個不行。因為我在改變的同時，也得到了肯定，這表示我走對了方向。剩下的就是再繼續努力地磨練我的筆鋒。

你呢？你也跟我的朋友一樣肯定我的改變嗎？

如果是的話，謝謝你，我會繼續努力。

如果不是的話，也謝謝你，你讓我知道還有許多要努力的地方。

藤井樹（吳子雲）二〇〇五年四月於高雄市

網路小說系列介紹

【BX4011】◎藤井樹@著　　定價180元

我們不結婚，好嗎

據說，美麗的邂逅通常發生在下雨天，
遇見妳的那天，天空確實正下著綿綿細雨，
一如妳的心情——因為一段不該發生的感情而落淚。
我無法回答妳對愛情的種種不信任，
因為，愛情不能言語，只能證明，
而關於我的真心，全都藏匿在風與風鈴的對話中，
我只能期盼著，願妳靜靜聆聽。

【BX4005】◎藤井樹@著　　定價180元

貓空愛情故事

你相信這世界上有天使嗎？
天使不一定要長著白色翅膀，拿著仙棒，飛在空中的，才叫天使。
天使可以是你身邊任何一個人，
任何一個……可以讓你的感覺滿出來的人。
雖然幸福不會輕易地被證明，天使也是，
但，只要遇見你的天使，
自然，你就會知道，愛情的樣子。

網路連載小說心動發行，愛情持續發燒中……

網路小說系列介紹

【BX4011】◎藤井樹@著　　定價180元

這是我的答案

據說，美麗的邂逅通常發生在下雨天，
遇見妳的那天，天空確實正下著綿綿細雨，
一如妳的心情——因爲一段不該發生的感情而落淚。
我無法回答妳對愛情的種種不信任，
因爲，愛情不能言語，只能證明，
而關於我的真心，全都藏匿在風與風鈴的對話中，
我只能期盼著，願妳靜靜聆聽。

【BX4020】◎藤井樹@著　　定價260元

有個女孩叫Feeling

曾經，有個女孩，讓我付出，
直到所有感覺被抽空，像是一根煙燒到了尾末；
曾經，有個女孩，讓我感受，
愛情是完全沒有投資報酬率的東西，
只要能感覺到一絲絲的被愛，
就可以滿足或彌補自己過去的、曾經的那些付出；
曾經，有個女孩，讓我體會，
愛上一個人，總是會不自覺的墮落，
幸福儘管遙不可及，卻依然像海市蜃樓般的接近。
曾經，有個女孩......有個女孩叫Feeling......

網路連載小說心動發行，愛情持續發燒中……

網路小說系列介紹

【BX4030】◎藤井樹@著　　定價180元

聽笨金魚唱歌

要忘記一個你深愛的人，
或許，只能靠著時間，和另一個愛你的人。
也許，時間只能證明愛的深淺，
也許，愛你的人只能默默地，在你身邊，聽著，守著，存在著，
也或許，最終，過了一段陰暗無光，也無星子也無月的夜，
天亮之後，海闊天空，我們都會幸福

【BX4041】◎藤井樹@著　　定價180元

從開始到現在

用文字記錄想像中的愛情故事，是甜蜜的迷思。
把每一個故事取一個名字，處女座莫名其妙的堅持。
我自命爲創作而生，也爲創作而死，
彷彿與生俱來的本事，我可以輕易看見愛情的樣子。
是的，愛情的樣子，像站在雨中，期待自己被狠狠地淋濕，
而心裡卻想著撥雲見日時。
所以，你在午后三點，城市角落的咖啡館裡，點了一杯極品藍山。
你想像著如果自己是一杯咖啡，你希望會是什麼滋味？
是磨卡的苦？巴西的澀？曼特寧的嬌縱？還是眼前這杯藍山的酸？
午后的雨沒有停止，落地窗映出了你的遺憾。
把書闔上，故意不以書籤做記號，
你期待著下次再翻開，會有不一樣的感慨。

網路連載小說心動發行，愛情持續發燒中……

網路小說系列介紹

【BX4045】◎藤井樹@著　　定價180元

B棟11樓

B棟11樓，一處陪伴我度過大學最後兩年的住所。
在這層樓裡，每隔一陣子，就上映不一樣的強檔院線片，
在這些人生影集裡，
我看見生命中每一個出現的人，其實都對我們深具意義；
我看見不論時間經過多久，友情歷久一樣濃；
看見愛的存在意義，原來是分享與分擔；
還看見了愛情的是非與選擇；
最重要的是，我看見，原來，
很多事，重點不是事情本身，而是陪你一起完成的人。

【BX4055】◎藤井樹@著　　定價180元

這城市

在這城市，有我成長的所有印記，
翻動過去的記憶，走過的足跡，每一步都是美麗的。
在這城市，有我的思念與掛念，
我思念著那個住在B棟11樓的女孩，
揣想，也許她正和我一樣，仰首探望天邊那一道紫橙相襯的餘夕：
我掛念著那個孤單走在西雅圖飄散著咖啡香的8℃空氣裡，
期望爲自己心中的城市找到靈魂的女孩，
祈禱有一天，她橫越了整個太平洋的思念能找到宣洩的出口。
在這城市裡，我深深感受，
人生總有許多遺憾，還在身邊的要珍惜，已經離開的該懷念。

網路連載小說心動發行，愛情持續發燒中……

國家圖書館出版品預行編目資料

十年的你／藤井樹著. --.初版.-- 台北市；商周出版：城邦文化發行；〔民 94〕
面 ； 公分. --（網路小說；69）

ISBN 986-124-394-1（平裝）

857.7 94007043

十年的你

作　　者／藤井樹
責任編輯／楊如玉
發 行 人／何飛鵬
法律顧問／台英國際商務法律事務所　羅明通律師
出　　版／商周出版
城邦文化事業股份有限公司
台北市民生東路二段 141 號 9 樓
電話：(02) 25007008　傳眞：(02) 25007759
Blog：http://bwp25007008.pixnet.net/blog
E-mail：bwp.service@cite.com.tw
發　　行／英屬蓋曼群島商家庭傳媒股份有限公司城邦分公司
台北市中山區民生東路二段 141 號 2 樓
書虫客服服務專線：(02) 25007718、(02) 25007719
服務時間：週一至週五上午09:30-12:00；下午13:30-17:00
24 小時傳眞專線：(02) 25001990、(02) 25001991
劃撥帳號：19863813；戶名：書虫股份有限公司
讀者服務信箱：service@readingclub.com.tw
城邦讀書花園：www.cite.com.tw
香港發行所／城邦（香港）出版集團有限公司
香港灣仔駱克道193號東超商業中心1樓
E-mail：hkcite@biznetvigator.com
電話：(852)25086231　傳眞：(852) 25789337
馬新發行所／城邦（馬新）出版集團【Cit (M) Sdn. Bhd.】
41, Jalan Radin Anum, Bandar Baru Sri Petaling,
57000 Kuala Lumpur, Malaysia.
Tel: (603) 90578822　Fax:(603) 90576622
email:cite@cite.com.my

版型設計／小題大作
封面設計／小海
電腦排版／浩瀚電腦排版股份有限公司
印　　刷／高典印刷有限公司
總 經 銷／農學社
電話：(02)2917-8002　傳眞：(02)2915-6275

■ 2005 年（民 94）5 月 5 日初版　Printed in Taiwan
■ 2017 年（民 106）4 月 19 日初版176刷

售價／180元

ISBN 986-124-394-1

廣 告 回 函
北區郵政管理登記證
台北廣字第 000791 號
郵資已付，免貼郵票

104 台北市民生東路二段 141 號 2 樓
英屬蓋曼群島商家庭傳媒股份有限公司　城邦分公司

請沿虛線對摺，謝謝！

書號：BX4069	書名：十年的你	編碼：

請於此處用膠水黏貼

商周出版

不定期好禮相贈！
立即加入：商周出版
Facebook 粉絲團

讀者回函卡

感謝您購買我們出版的書籍！請費心填寫此回函卡，我們將不定期寄上城邦集團最新的出版訊息。

姓名：________________________ 性別：□男 □女

生日：西元________年________月________日

地址：________________________

聯絡電話：________________ 傳真：________________

E-mail ：

學歷：□ 1. 小學 □ 2. 國中 □ 3. 高中 □ 4. 大學 □ 5. 研究所以上

職業：□ 1. 學生 □ 2. 軍公教 □ 3. 服務 □ 4. 金融 □ 5. 製造 □ 6. 資訊
□ 7. 傳播 □ 8. 自由業 □ 9. 農漁牧 □ 10. 家管 □ 11. 退休
□ 12. 其他________________

您從何種方式得知本書消息？

□ 1. 書店 □ 2. 網路 □ 3. 報紙 □ 4. 雜誌 □ 5. 廣播 □ 6. 電視
□ 7. 親友推薦 □ 8. 其他________________

您通常以何種方式購書？

□ 1. 書店 □ 2. 網路 □ 3. 傳真訂購 □ 4. 郵局劃撥 □ 5. 其他________

您喜歡閱讀那些類別的書籍？

□ 1. 財經商業 □ 2. 自然科學 □ 3. 歷史 □ 4. 法律 □ 5. 文學
□ 6. 休閒旅遊 □ 7. 小說 □ 8. 人物傳記 □ 9. 生活、勵志 □ 10. 其他

對我們的建議：________________________
____
____

【為提供訂購、行銷、客戶管理或其他合於營業登記項目或章程所定業務之目的，城邦出版人集團（即英屬蓋曼群島商家庭傳媒（股）公司城邦分公司、城邦文化事業（股）公司），於本集團之營運期間及地區內，將以電郵、傳真、電話、簡訊、郵寄或其他公告方式利用您提供之資料（資料類別：C001、C002、C003、C011 等）。利用對象除本集團外，亦可能包括相關服務的協力機構。如您有依個資法第三條或其他需服務之處，得致電本公司客服中心電話 02-25007718 請求協助。相關資料如為非必要項目，不提供亦不影響您的權益。】

1.C001 辨識個人者：如消費者之姓名、地址、電話、電子郵件等資訊。
2.C002 辨識財務者：如信用卡或轉帳帳戶資訊。
3.C003 政府資料中之辨識者：如身分證字號或護照號碼（外國人）。
4.C011 個人描述：如性別、國籍、出生年月日。

請於此處用膠水黏貼